KB183578

퍼스널 브랜딩
전자책 쓰기 바이블 With AI

MZ세대를 위한 전자책 쓰기 첫걸음

퍼스널 브랜딩
전자책 쓰기 바이블 With AI

MZ세대를 위한 전자책 쓰기 첫걸음

안세진 지음

이담북스

목차

제1장 전자책이란?

제2장 전자책으로 내 이름을 알리자

제3장 AI 시대에 전자책 쓰기

제4장 성공적인 전자책 출판 단계

제5장 전자책을 출판사에 등록해 보자

제6장 전자책이 잘 팔리게 하는 노하우

부록

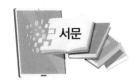

서문

책을 써야 하는 이유와 작가로서의 마인드

우리가 한 권의 책을 써야 하는 이유가 어떤 게 있을까? 호랑이는 죽어서 가죽을 남기고 사람은 죽어서 이름을 남긴다고 했다. 내가 쓴 한 권의 책은 많은 사람에게 읽히고 이로써 발 없는 명함처럼 나를 알릴 수 있는 수단이 된다. 그동안 책을 읽는 소비자로 사는 삶을 살았다면 이제는 나만의 책을 쓰면서 생산자로서의 길을 걸어가게 된다. 패러다임의 시프트가 일어나게 된다. 이제 한 권의 저자를 쓴 작가로 사는 삶을 살아보자.

책을 쓰는 것은 단지 글을 기록하는 행위가 아니라 삶의 깊이를 탐구하고 우리 안에 숨겨진 지혜를 발견하는 과정이다.

- 앤드류 카네기

인생에서 가장 소중한 재산은 경험이다. 경험은 우리를 지혜롭게 하고 우리의 이야기를 통해 후세에 영감을 줄 수 있다.

- 오프라 윈프리

당신의 인생 경험은 누구에게나 가장 큰 선물이 될 수 있다. 그 경험을 나누어 후대에 지식과 영감을 전달하세요.　　　　　- 넬스 만델라

책을 쓰는 것은 지혜를 창조하는 행위다. 당신의 경험과 생각을 담은 한 권의 책이 수백 권의 읽은 책보다 가치가 크다.　　　- 워렌 버핏

강의를 하나 만드는 것은 수백 번의 강의를 듣는 것보다 강력하다. 여러분의 지식과 경험을 나누는 것이 바로 진정한 성장의 길이다.

　　　　　　　　　　　　　　　　　　　　- 리처드 브랜슨

　위와 같이 많은 이들이 책 쓰기의 의미와 가치에 대해서 말해 주고 있다. 성공해서 책을 쓰는 게 아니라 책을 쓰면 성공하게 된다. 남이 써 놓은 책 100권보다 내가 쓰는 한 권의 책이 더욱 강력하다. 남이 하는 강의 100번 듣는 것보다 내가 해 보는 강의 한 번이 더욱 강력하다. 경험과 알고 있는 지식이 가장 큰 재산이 된다. 역사는 승자의 기록이라고 한다. 우리의 기록은 책이 되고 영화가 되고 행복 성장이 된다. 책을 쓰면 주는 시너지 효과는 굉장하다. 일단 관점의 전환을 하게 된다. 책을 쓴다고 생각하고 마음을 먹으면 독자의 눈이

아닌 작가의 눈이 생기게 된다. 평소 무심코 보던 책의 제목, 표지, 목차가 예사롭지 않게 보인다. 점점 생각이 쓰는 방향으로 확장된다. 언제나 생각과 믿음의 전환이 전부다. 소비자에서 생산자의 마인드로 바꾸는 이 책을 읽는 독자들이 되었으면 한다. 독자에서 작가로 수강생에서 강연가로 인풋에서 아웃풋 인생으로 전환하는 모멘텀이 되기를 바란다. 한 권의 책을 쓴다는 건 독자와 소통하는 일이다. 내가 가진 지식을 정리하는 일이다. 그 분야에서 나를 드러낼 수 있다.

> 책은 인생의 험준한 바다를 항해하는 데 도움이 되게끔 남들이 마련해 준 나침반이요 망원경이요 육분의(六分儀)요 도표이다.
>
> – 제시 리 벳넷

내가 쓴 책이 독자들에게 이정표와 새로운 길을 제시할 수 있다면 그것보다 보람된 일은 없다고 본다. 작가가 되는 것은 거창한 게 아니다.

작가란 오늘 아침에 글을 쓴 사람이다.　　　- 로버트 진 브라이언트

글을 쓰고 싶다면 종이와 펜 혹은 컴퓨터 그리고 약간의 배짱만 있으
면 된다.　　　　　　　　　　　　　　- 로버트 진 프라이언트

오늘 한 편의 글을 쓰는 그대가 바로 작가다. 이제 좀 작가의 길을
걸어가고 싶은가?

첫술에 배부를 수는 없다. 종이책 작가로서 처음 도전하기에는 관
문과 분량에 대한 어려움이 있다. 그렇기에 다소 난이도가 낮은 전
자책으로 시작해서 많은 경험과 습작의 기회를 가지면서 준비하는
기간을 가져보자. 출판사는 여러분이 낸 책들을 주목하고 새로운 장
이 열릴 수도 있다. 작가는 독자의 사랑을 먹고 사는 존재다. 보이
지 않는 전국에 있는 내 책을 기다리는 독자에게 의미 있고 가치 있
는 메시지를 전달할 수 있다는 건 매력적인 일이다. 하나의 콘텐츠
를 만들면서 이를 통해서 고객에게 의미를 부여할 수 있고 1인 기업
가로서의 길을 걸어갈 수 있다. 우선 내 안에 사명과 가치관이 있는
지 점검했으면 한다.

스타트 경영 캠퍼스 김형환 교수는 내가 누군지 모르기 전에는 꿈부터 꾸지 말라고 했다. 나를 되돌아보고 내 안에 비전과 마인드가 있는지를 돌아보는 시간이 필요하다. 과연 나는 왜 책을 쓰는가? 이 책을 통해서 독자에게 어떤 메시지를 전달하고 싶은가를 고민하는 시간이 필요하다. 사실 작가로서의 마인드와 멘털이 더욱 중요하다. 이후에 알려드리는 스킬과 기술은 시간과 마음만 먹으면 자기 노력 여하에 따라 받아들이는 속도는 있지만 크게 어려운 게 아니다. 진정 소중한 작가로서의 마인드가 있는지가 더 중요하다. 내가 한 권의 책을 통해서 독자를 돕겠다는 생각과 마음이 중요하다. 내가 경험해 보면서 겪은 노하우와 비법을 독자들에게 알려 주면서 그들이 시행착오를 겪지 않게끔 하고 싶다는 선한 동기가 있어야 한다. 사실 이 책을 쓰게 된 이유도 여기에 있다. 처음 전자책을 쓰려고 했을 때 막막했다. 누구한테 물어볼 때도 없었고 시작할 엄두가 나지 않았다. 고가의 전자책 쓰기 과정을 듣기에는 부담이 됐다. 그래서 나름 혼자 노력해서 지금의 20여 권의 결과물을 낼 수 있었다. 쉽지 않았다. 나름의 시행착오도 있었고 어려움도 많았다. 이 책《퍼스널 브랜딩 전자책 쓰기 바이블》을 내는 이유도 이런 나의 시절을 떠올리며 이 책 한 권을 곁에 두고 참고하면 누구나 나만의 책 한 권을 내게 해 주고 싶은 마음에 쓰게 됐다. 이런 나의 의도가 독자들에게 전달되었으면 한다. 이 책을 다 읽고 나서 작가로서 멋지게 변화되어 있을 그대를 생각하니 왠지 마음이 뿌듯하다. 책 한 권을 쓰면 누구나 작가가 될 수 있다. 이제 남 얘기가 아니다. 나도 작가로서의 꿈을 이룰 수 있다. 이제 쓰면 된다. 이 여정의 길에 함께 떠나자.

추천의 말

　전자책도 책이냐? 라는 말을 아직도 듣는다면 전자책의 시장 가능성은 여전 파란불이다.

　시대의 변화 중 가장 큰 변화는 역시 사람의 심리를 반영한 IT기술일 것이다. 그 도구들의 변화는 역으로 사람의 습관을 이끌기도 한다. "종이가 없어졌다"라는 말은 이미 과거 시제의 언어이다.

　저자는 이 책을 통해 전자책에 대한 기본적인 지식과 정보를 독자에게 제공해주고 있다.

　그러나 그 변화의 정보만을 제공한다면 일종의 공포? 마케팅이 될 수도 있지만 저자는 전자책의 시작, 기획, 마케팅 그리고 비즈니스의 가능성까지 보여주며 독자가 직접 따라서 실행하도록 했다.

　어쩌면 그 프로세스가 독자들에게 즐거움을 선사한다고 표현한다. 누구나 책을 쓴다고 맹목적으로 달려들 일은 아니다. 그 과정이 독자가 자신의 꿈을 이루기 위한 수단으로 발휘될 때 가치는 높아진다. 전자책을 꼭 써야 하는 나만의 간절한 이유를 찾게 한다. 특히 1인기업으로서 자신의 정체성을 브랜딩하기 위한 수단으로 전자책을 적극 추천한다. 그 작업의 과정에서 자신만의 길을 닦을 것이고 흔들리지 않는 명분과 의미를 글을 통해 입증하게 되기 때문이다.

혹시 전자책에 대한 시장의 변화, 챗GPT 활용법, 기획, 디자인 등 전반적인 기술 영역에 핵심을 이해하고자 하는 분들께 추천한다. 그 외 마케팅,비즈니스모델, 펀딩 방법, 출간기획서를 준비하는 분들에게도 도움이 되리라고 믿는다.

1인기업 국민멘토 김형환(스타트경영캠퍼스 대표)

과거에는 문학 관련 학과를 나오거나 신춘문예 등의 공모전을 통해서만 작가가 될 수 있었습니다. 하지만 지금은 온라인의 발전으로 누구나 책을 쓸 수 있는 시대가 되었습니다. 누구든 어렵지 않게 작가가 될 수 있는 시대입니다. 하지만 여전히 종이책 작가가 되는 것은 쉽지 않은 일입니다. 출판사에 투고를 하고 계약을 하고 책을 쓰고 내는 것은 그리 쉬운 과정이 아닙니다.

때문에 저는 전자책을 먼저 쓰기를 권장합니다. 전자책은 방법만 안다면 비교적 접근하기가 쉽습니다. 이 책의 저자는 많은 전자책 쓰기 경험을 토대로 초보자도 쉽게 전자책을 쓸 수 있는 방법을 소개합니다. 무엇이든 방법을 안다면 쉽게 할 수 있습니다. 이 책을 읽으신다면 누구나 쉽게 전자책을 쓸 수 있을 것입니다. 자신의 책을 쓰고 싶으신 모든 분에게 이 책을 추천합니다.

부아c(《마흔, 이제는 책을 쓸 시간: 인생의 전환점이 될 책쓰기 수업》 저자)

어떻게 하면 전자책을 쉽고 빠르게 완성할 수 있을까?

전자책은 종이책보다 문턱이 낮지만, 높은 수익을 낼 수 있다는 장점이 있다.

글쓰기 경험이 전무해도, 약간의 절차와 요령만 익히면 단기간에 잘팔리는 전자책을 완성할 수 있다.

이 책은 전자책의 모든 집필 과정과 더불어 매력적인 디자인 편집 방법, 플랫폼에 등록하는 방법, 출간 후 홍보하는 방법까지 모든 과정을 친절하게 총 망라하고 있다.

그대로 따라하면, 여러분은 글쓰기 실력과 상관없이 정말 단기간 내에 전자책 작가가 될 수 있다.

이 책이 갖는 강점 중 하나는 AI를 활용한 글쓰기 비법을 담고 있다는 것이다.

chat GPT를 활용해 저작권 문제를 벗어나면서 자신만의 언어로 본문을 효율적으로 채워나가는 비법까지 담아내고 있다.

글을 못 쓰는 사람도 전혀 겁낼 필요가 없다.

하지만, 이 책은 질적인 측면도 절대 놓치지 않고 있다.

안세진 작가는 이미 수많은 전자책을 출간하였고, 이 분야에서 이미 베테랑이라고 할 수 있다.

'작가'라는 단순한 타이틀을 넘어, 양질의 콘텐츠를 생산하는 작가들을 양성하는 것이 그의 철학이라고 할 수 있다.

그 철학에 따라 철저하게 글쓰기의 기본 원칙을 제시하고 있으며, 전자책의 질을 높여줄 수 있는 자료 및 기능들을 제공해주는 무료 사이트까지 정리하고 있어 구성이 정말 알차다고 할 수 있다.

신성권 작가(종이책 15권 이상 기획출간,
21년, 22년, 23년 문화체육관광부 세종도서 선정)

디지털 온라인 시대에 퍼스널 브랜딩은 기록을 통해 검색할 수 있는 전문가를 원한다. 전문가가 갖추어야 할 디지털 평판을 만들기 위해 전자책은 이제 선택이 아닌 필수가 되었다. 바야흐로 전자책 시대가 열린 것이다. 누구나 잘 팔리는 책을 쓰고 싶어 한다. 하지만 개인이 독자적으로 고객이 원하는 주제를 선택하고 기획한다는 것은 쉽지 않다.

이에 안세진 작가의 《퍼스널 브랜딩 전자책 쓰기 바이블 with AI》는 디지털 퍼스널 브랜딩을 하고자 하는 독자에게 기쁜 소식이 아닐 수 없다. 이 책은 전자책 기획 기법부터 목차, 내용 작성법에서 마케팅 홍보에 이르기까지 제대로 기록하는 프로세스를 안내한다. 특히 AI를 활용한 전자책 쓰기와 1인 창업까지 가능한 안세진 작가의 비법과 노하우는 전자책 쓰기를 고민하는 사람에게 다양한 주제와 형식으로 전자책 쓰기를 시도하고 도전하게 한다.

안세진 작가가 직접 경험한 내용이 담겨있는 귀한 책 《퍼스널 브랜딩 전자책 쓰기 바이블 with AI》는 책 쓰기를 시도하고 싶은 사람, 책을 쓰고 싶어도 중도에 포기해 실패해 왔던 사람, 그리고 진정한 나만의 퍼스널 브랜딩을 하는 사람이라면 곁에 두고 읽고 또 읽어야 할 책이다.

이지연 대표(비즈니스 다각화 전문가, 브랜드중개플랫폼 Doingclass)

오늘날 개인의 브랜딩은 비즈니스의 핵심 경쟁력이 되었습니다. 수많은 기업가와 전문가들을 컨설팅하면서 늘 강조하는 것이, 자신만의 차별화된 브랜딩 전략의 중요성입니다. 그 중에서도 전자책은 가장 효과적인 브랜딩 도구라고 자신 있게 말씀드릴 수 있습니다.

이 책은 전자책 쓰기를 통한 퍼스널 브랜딩의 모든 것을 담고 있습니다. 특히 저자가 19권의 전자책을 출간하며 쌓은 실전 경험이 상세히 녹아있어, 전자책 초보자도 쉽게 따라 할 수 있는 완벽한 가이드북이 되어줄 것입니다.

제가 만난 많은 CEO가 자신의 전문성과 노하우를 책으로 남기고 싶어 하지만, 어디서부터 시작해야 할지 몰라 망설이곤 합니다. 이 책은 그런 분들에게 전자책 출간의 모든 과정을 친절하게 안내하며, 성공적인 브랜딩으로 이어지는 길을 제시합니다.

1인 기업과 프리랜서가 급증하는 시대에, 전자책은 더 이상 선택이 아닌 필수가 되었습니다. 자신만의 브랜드를 구축하고 싶은 모든 비즈니스 리더들에게 이 책을 진심으로 추천합니다.

장이지 대표(브랜딩포유)

1인 기업가가 자신을 알리고 신뢰를 쌓는 데 있어 퍼스널 브랜딩은 필수 요소가 되었습니다. 특히, 메신저 사업을 포함한 다양한 분야의 1인 기업가들에게는 책을 통한 브랜딩이 큰 힘이 됩니다. 이 책은 '책 쓰기'에 대한 모든 과정을 친절하게 안내하여 전자책으로 자신의 전문성을 표현하는 방법을 알려줍니다.

무엇보다도, AI 시대의 필수 도구인 챗GPT를 효과적으로 활용해 책을 작성하는 방법을 다루고 있어 누구나 쉽게 접근할 수 있습니다. 챗GPT를 이용해 글쓰기 과정을 간소화하고 효율성을 높이는 방식은 미래의 창작 방식을 바꿀 가능성을 보여줍니다. 책 쓰기를 통해 자신의 이야기를 세상에 전하고 싶은 분이라면, 이 책이 명확한 가이드가 되어줄 것입니다.

이 책은 글쓰기 초보부터 퍼스널 브랜딩을 강화하고자 하는 전문가까지 모두에게 영감을 주고 실질적인 도움을 줄 것입니다.

조혜영 저자(지나 메신저, 《언포자가 알려주는 세상에서 가장 쉬운 책쓰기》)

누구나 전자책 쓰기의 달인이 될 수 있는 책이 여기 있다. 특히 1인 기업가나 퍼스널 브랜딩에 관심이 있는 분이라면, 자신의 이름으로 된 책 한 권을 갖고자 하는 꿈이 있을 것이다.

안세진 작가는 19권의 전자책을 집필하며 쌓아온 실전 경험으로, 전자책 출간의 모든 과정을 자신의 노하우와 함께 쉽게 풀어주고 있다. 출간기획부터, 원고 작성법, 책 표지 디자인, 전자책 등록, 클라우드 펀딩까지 전자책 만들기의 A부터 Z까지 상세한 방법들을 모두 담고 있다.

고가의 책 쓰기 강의를 들을 필요 없이 이 한 권으로 누구나 자신만의 이야기를 세상에 알리는 첫걸음을 용기 있게 내딛기를 소망한다.

공감마케터 최은희
(《100명의 1인기업가를 만든 SNS 퍼스널브랜딩의 비법》 저자,
세나시 브랜딩 스쿨, 브랜드앤피플 대표)

전자책이란?

1. 전자책 시대가 오고 있다

그대는 전자책에 대해서 들어보았는가? e-book이라고 해서 간편하게 태블릿 PC에 넣어서 휴대하고 다니면서 지하철에서도 볼 수 있는 문서 형태의 양식이다. 얼마 전에는 밀리의 서재에서 오디오북을 선보여서 대중에게 반향을 일으키기도 했다.

바쁜 현대인들이 자기 계발의 욕구를 충족시키기 위해서 이동하는 가운데 이어폰을 통해서 정보를 습득하는 새로운 형태의 모습이었다. 그만큼 현대인들의 성장과 발전의 동기가 늘고 있다.

전 세계를 강타했던 코로나의 기세가 잠잠해졌다. 코로나로 대면문화가 금지되고 언택트의 사회 속에서 줌을 이용한 화상회의가 대중화되었다.

코로나19 팬데믹으로 많은 사람이 집에 머무는 시간이 늘어났고, 이에 따라 전자책과 오디오북의 수요가 급증했다. 미국은 2020년 기준 종이책 판매는 약간의 성장세를 보였지만 전반적으로 전자책과 오디오북의 성장률이 높게 나타났다.

한국출판산업진흥원에 따르면 2019년 한국의 전자책 시장 규모는 약 3,000억 원으로 매년 성장세를 보이고 있으며, 반면 종이책 시장은 정체 상태에 있다. 이에 발맞추어 전자문서에 대한 사람들의 니즈도 점차 늘고 있다. 전자책 시장이 점차 확대되고 있는 셈이다.

IT 기술로 출연한 전자책(e북–오디오북)과 웹툰이 책의 정의를 바꾸며 급성장하는 가운데 주요 전자책 웹툰 플랫폼 기업들의 주가가 연초 대비 20% 이상 뛰었다. 밀리의 서재는 75%, 미스터 블루는 54% 주가가 뛰었다.

국내 최대 웹툰 플랫폼사인 네이버와 카카오에 웹툰을 유통 중인 전자책 출판시 핑거스토리 등 유통사도 20% 이상 상승했다. 전자책 시장은 대한출판문화협회의 지난해 발표 자료에 따르면 2015년 1,258억 원에 불과했지만 2020년 4,600억 원으로 5년 사이 273% 성장했다. 내 손 안의 도서관이라는 전자책은 현대인의 스마트폰 이용률의 증가로 전자책을 접하기 쉬워진 배경 속에서 팬데믹 사태가 빠르게 전자책 시장을 성장시켰다.

반면 종이책은 대형서점인 반디앤루니스가 부도가 나면서 폐업을 알리자 시장이 위축되는 상황이다. OTT 발달로 영상 미디어에 익숙해진 현대인들이 책을 읽지 않는 현상이 늘고 있다.

급속한 문해력 감소로 이어지는 건 아닌지 작가의 한 사람으로서 걱정과 우려를 하게 된다. 여러 환경적인 부분에서도 종이책은 생산

과정에서 많은 자원을 소모하며, 이는 환경문제로 이어질 수 있다.

또한 종이책의 인쇄, 유통 보관 비용이 전자책에 비해 높으므로 출판사와 소비자 모두 비용 절감을 위해 전자책을 선호하는 경향이 있다. 물론 아직 아날로그 감성을 선호하고 종이책의 물성을 통한 촉각적 감각을 전통적으로 고수하는 독자층이 있기에 종이책의 아성은 한동안 지속되리라고 본다.

나 역시 독자로서 전자책을 읽기는 하지만 아직은 종이책이 더욱 잘 읽히고 좋다는 생각이 든다.

이제 전자책을 하나의 지식 콘텐츠 도구로써 활용해야 하는 과제는 우리가 곧 직면한 현실이다. 출간이 비교적 용이하고 진입장벽이 낮기에 질 낮은 원고들의 난입으로 인한 출간 책들의 질적 하락이 우려되기도 한다.

사실 일부 재능기부 사이트에서 판매되고 있는 자료들은 책이라고 하기에 민망할 수준인 것들이 유통되고도 있는 게 현실이다. 여기서 PDF 파일과 정식 ISBN을 받은 전자책은 명확하게 구분하기를 바란다. 정식 인터넷 서점에 유통되고 있는 전자책을 이 책에서는 전자책이라고 지칭하겠다.

2. 전자책, 넌 누구니?

온라인에서 제작되고 배포되는 책을 일컬어서 전자책이라고 한다. 종이가 아닌 디지털 형태로 제작된 책을 말한다. 전용기기나 스마트폰 등 다양한 기기에서 읽히고 있다.

PDF, E-PUB, MOBI 등 다양한 형식으로 발행할 수 있다. 종이책과 달리 휴대할 필요가 없으며, 친환경적이고 비용을 절감할 수 있다.

요즘 기성 서점이 매출이 저조해서 문을 닫고 있는 형편이다. 반디앤루니스가 부도가 나서 영업을 그만둔 사례가 있다. 종이책은 재고로 남게 되면 부담이 된다. 종이책 인세는 많아 봐야 8~10%이다. 이에 비해서 전자책 인세는 60~70%이다.

종이책은 초판이 절판되면 더 이상 판매되지 않지만, 전자책은 평생 인세가 들어오는 시스템이다. 전자책은 종이책에 비해서 출판하기가 비교적 수월하다. 투고의 과정을 거치지 않기 때문이다.

전자책은 출판사의 픽을 받지 않아도 된다. 그러기에 퀄리티가 다소 떨어지는 단점이 있다. 출판 기획자와 편집자들의 손을 거쳐야 고퀄리티의 원고가 나올 수 있는데 그에 비해 전자책은 모든 걸 저자 본인이 직접 해야 하는 부담이 있다. 표지부터 내부 편집까지 작가가 해야 한다. 작가가 모든 걸 몸소 해야 하는 만큼 배울 수 있는 장점도 있다. 전자책 한 권을 제작하는 사이클을 경험하면 출판에 대해서 조금이나마 알게 된다. 필자도 지금껏 19권의 전자책 제작 과정을 통해서 많은 노하우와 경험치를 얻게 되었다. 아직은 많이 부족하지만, 책을 내면서 이런 부분을 좀 더 바꾸면 좋겠다는 생각도 가지게 된다.

종이책이든 전자책이든 책 쓰기의 과정은 타깃층 및 콘셉트를 선정하고, 주제 선정 및 자료수집을 한 뒤, 목차 완성 초고를 집필하고, 출판사 투고 계약을 하고 퇴고 및 출간에 이르게 된다.

여기서 한 가지 팁을 드리면 독자층은 세분화시키는 게 좋다. 뾰족하고 날카롭게 타깃층을 잡아야 성공한 책이 된다. 내 책을 모든 독자에게 팔리는 책으로 만들어야지 하고 제작에 임하면 그 책은 실패한 책이 된다. 타깃 독자층이 명확해야 한다. 이는 어부가 물고기를 잡을 때 그물이 촘촘해야 하는 것과 같은 이치다.

전자책에서는 출판사 투고 및 계약의 과정을 생략하게 된다. 전자책은 종이책에 비해서 분량에 대한 부담이 덜하다. 30페이지 이상이면 출간할 수 있다. 보통 종이책이 100장~120장 정도 써야 하는 데 비해서는 초보 작가들이 접근하기에는 수월한 편이다. 그래서 초보 작가는 먼저 전자책과 공저를 경험하고 이를 바탕으로 종이책에 도전할 것을 추천하기도 한다.

전자책에서 습작과 연습을 많이 하고 이를 바탕으로 종이책을 내는 것도 하나의 방법이다. 아무래도 종이책은 시간과 노력이 전자책에 비해서는 많이 들게 된다. 출판할 수 있는 길은 많다. 꼭 출판사를 통한 기획출판이 아닌, 독립 출판을 통해서 내 책을 독자들에게 선보일 기회가 많다. 이를 통해서 나만의 책을 낼 수 있도록 하자.

3. 글쓰기와 책 쓰기의 차이점

글쓰기는 우리가 통상적으로 하고 있는 활동이다. 블로그에서 포스팅을 하든지 브런치에서 글 한 편을 쓰면서 생각과 감정을 표현하며 커뮤니케이션 한다. 우리가 서랍 속에 고이 간직하는 일기도 글쓰기에 포함된다.

요즘은 글쓰기에 적합한 플랫폼이 많다. 내 글을 대중에게 선보일 수 있는 공간이 그만큼 늘어난 것이다. 1인 미디어 시대다. 나만의 플랫폼에서 내가 흥미 있고 관심 있는 주제를 정해서 글을 쓰게되면 이를 보고 나만의 팬층도 생기게 된다. 흔히들 글쓰기와 책 쓰기는 다르다고들 한다. 여러 글을 모아 하나의 책을 이루는 건 맞다. 하지만 글쓰기와 책 쓰기는 다르게 접근해야 한다. 책은 사람들이 돈을 내고 사본다. 이는 목적이 있어서다. 작가는 책을 내면서 내가 하고 싶은 얘기를 하는 게 아닌, 독자가 듣고 싶은 이야기를 해야 한다. 독자들에게 경제적으로나 이외 다양한 즐거움을 선사해야 한다. 이를 바탕으로 하나의 콘텐츠가 되어야 한다. 책은 하나의 상품이라 할 수 있다.

독자가 없는 글쓰기도 해당된다. 이에 반하여 책 쓰기는 독자를 상정하고 이루어지는 행위이다. 작가는 독자에게 하고자 하는 의도된 메시지를 책이라는 미디어를 통해서 이야기한다. 그러므로 하나의 주제로 통일된 메시지를 적어야 한다. 그러기 때문에 기획하고 목차를 구성해서 짜임새 있는 설계를 통한 조직된 글쓰기를 한다.

글을 잘 쓴다고 책을 잘 쓰는 건 아니다. 글은 문학적인 요소가 많이 작용하기에 이는 많은 훈련과 노력으로 이루어진다. 선천적으로 타고나야 하는 점도 있다. 우리가 흔히 쓰는 책 쓰기에서의 자기 계발서는 조금만 훈련하면 누구든지 쓸 수 있다. 글이 모여 한 권의 책이 되는 건 사실이다. 하지만 그 글들이 하나의 통일된 주제와 메시지를 담고 있느냐에 따라서 좀 더 설득력 있는 글쓰기가 된다.

요즘처럼 자신의 글을 대중에게 노출하기에 좋은 환경이 없다고 본다. 플랫폼을 통해서 글을 발행하면서 자신만의 메시지로 독자들의 관심과 사랑을 받는 이들이 많다.

블로그 브런치 인스타에서 개성 있는 글로 구독자를 늘리고 이를 통해서 소위 인플루언서 반영에 올라서 출판사에서 픽을 하는 경우도 볼 수 있다. 요즘처럼 책이 팔리지 않는 시대에는 출판사도 고정 독자층이 있는 이를 찾고 있다. 자신만의 팬덤을 구성하고 있는 이에게 먼저 다가가는 움직임을 보인다. 이런 모든 활동의 기반에는 자신만의 글쓰기 활동이 전제되어야 한다. 글쓰기와 책 쓰기의 차이점을 알고 이를 통해 올바른 작가 활동을 하는 여러분이 되었으면 한다.

4. 전자책 쓰는 순서

전자책 쓰는 순서는 다음과 같다. 먼저 주제를 정한 뒤, 목차를 정하고 목차에 따라 챕터별로 키워드를 포함해 10줄 쓰기, 챕터별로 사례 및 증거 자료와 설명 등을 첨가하기, 이후 수정하며 고치기의 과정을 거친다. 이후 제목을 짓고 표지를 만들어서 발행하면 된다.

전자책 쓰는 순서

주제/타깃 정하기 ->

목차 정하기 ->

챕터별로 키워드를 포함해 10줄 쓰기 ->

챕터별로 사례 및 증거 자료 설명 등을 첨부하여 보충하기 ->

휴식 ->

고치기 ->

휴식/피드백 받기 -〉

고치기 -〉

제목 짓기, 표지 만들기 -〉

발행하기

팔리는 전자책을 만드는 3단계

제1단계는 팔리는 주제를 찾고, 제2단계는 기획안 작성, 제3단계 팔리는 단계는 카피라이팅 적용, 이 세 단계로 구성할 수 있다. 수요의 법칙에 따라서 수요가 많은 주제를 선택해야 잘 팔릴 수 있다. 이를 위해서 서점 주요 사이트를 검색하거나 재능 사이트를 들어가서 기존의 내가 쓰고자 하는 전자책 시장에 관해서 조사할 수 있다.

이를 바탕으로 내가 쓰고자 하는 전자책 주제에 관한 시장이 형성되었는지를 파악할 수 있다. 책 쓰기의 핵심은 기획이다. 나의 전자책이 기존에 출간된 전자책과 차별화를 꾀할 수 있는 점이 있어야 후발 주자로서 독자들에게 어필할 수 있다.

자신의 전자책을 쓰기 전부터 다른 전자책과의 차별점으로 무엇이 있는지에 관해서 전략을 구성해야 한다. 기획안 작성 과정을 통해 전자책의 방향성이 명확해지고 차별화된 전략을 구체화할 수 있다.

종이책은 서점에서 미리 책의 내용을 확인해 보고 구매할 수 있다. 하지만 전자책은 내용을 미리 살펴보고 구매할 수 있는 상품이 아니다. 그렇기에 사람들이 구매 전 살펴보는 전자책 제목, 목차, 상세 페이지 소개 글을 공들여 작성해야 한다.

구매로 이어지려면 카피라이팅을 적용해서 상세 페이지를 작성하는 게 중요하다. 우리가 주로 판매하는 전자책은 실용서다. 독자들의 문제를 해결할 수 있는 솔루션을 직접 제시해 줄 수 있어야 한다. 일반 책들이 WHAT, WHY, HOW로 구성되어 있다면 전자책은 단도직입적으로 HOW로 들어갈 수 있다. 그만큼 독자들의 문제를 정확하게 파악하고 이를 명확하고 직접적으로 제시해 줄 수 있어야 한다.

이를 위해서 제목과 목차 상세 페이지에 이를 녹여낼 수 있어야 한다. 독자의 니즈를 반영한 전자책이 구매로 이어지기 때문이다. 이를 바탕으로 우리가 원하는 전자책의 수익화에 도전할 수 있게 된다.

책 쓰기의 핵심은 기획과 목차 세우기라고 할 수 있다. 많은 책 쓰기 강의를 들어 보면 책 쓰기의 70%는 기획과 목차 작성에 있다고 한다. 책 쓰기를 기획 장사라고 한다. 그만큼 번뜩이고 신선한 기획으로 책의 콘셉트를 잡아야 한다.

5. 주제 정하는 방법

처음 책 쓰기를 하려고 하면 가장 먼저 어떤 걸 써야 할지 망설이는 분이 있다. 어떤 내용의 글을 써야 할지 막막하기 마련이다. 가장 좋은 것은 돈, 건강, 관계에 대한 주제다. 이 주제를 가지고 자신이 잘하는 분야에 맞게 글을 쓰면 된다. 책은 기획 장사라는 말이 있다. 콘셉트를 잘 잡아야 팔리는 책이 된다. 팔리는 책을 쓰기 위해서는 독자에게 도움을 줄 수 있는 책이어야 한다. 독자들은 한 권의 책을 보기 위해서 자기 비용을 지급하고 시간을 내서 책을 사서 보게 된다.

일종의 투자를 하는 거다. 이 투자에 가치를 부여해야 할 의무가 작가에게는 있다. 작가는 독자가 듣고 싶어 하는 얘기를 해야지 자신이 하고 싶은 이야기만 주야장천 늘어놓아서는 안 된다. 독자의 패인 포인트를 만져주고 가지고 있는 문제를 해결해 주어야 먹히는 책이 될 수 있다. 이를 위해서 작가는 독자를 알 필요가 있다.

작가들은 한 달에 한 번이라도 오프라인 서점에 가서 매대에 진열된 책을 보면서 요즘 트렌드가 무엇인지에 대해서 그 흐름을 읽을 수 있어야 한다. 요즘 독자들이 관심을 보이는 주제들에 대해서 알고 있어야 한다.

책 쓰기는 작가와 독자와의 상호작용이다. 서로가 윈윈할 수 있는 교류가 있어야 한다. 우선은 자신을 파악해야 한다. 자신이 가장 잘하고 재미있어하는 분야에 관해서 책을 써야 한다. 그래야 쓰는 자신도 자신감 있게 임할 수 있다. 흥이 나서 책 쓰는 작업의 긴 시간을 이겨낼 수 있다.

책 쓰기는 글쓰기와 분명 차이가 있다. 글쓰기가 단거리 뛰기라면 책 쓰기는 마라톤에 비유할 수 있다. 책 쓰기에 처음 임하는 분들은 그만한 분량의 글을 써본 경험이 없기에 이를 생소하게 여길 수 있다. 책 쓰기를 자신이 가진 지식을 독자들에게 나눌 수 있는 기회의 장이라고 여기자. 책 쓰기를 즐겨야 한다.

물론 책 쓰기가 아이들이 놀이터에서 엄마가 저녁 먹으러 오라는 말까지 안 들릴 정도로 재미있고 즐거운 작업이 되기까지는 긴 시간이 걸릴 것이다. 하지만 나를 사랑하는 독자에게 내가 가진 지식을 자랑하는 시간이라고 생각하면 즐겁고 가치 있는 시간이라고 여겨진다. 내 글에 반응하는 독자가 있다는 건 행복하고 즐거운 일이다. 그런 독자들에게 내 얘기를 들려줄 수 있는 계기와 만남의 장이 책 쓰기다.

요즘 시대는 N잡러의 시대이기에 1인 기업을 하는 분이 많다. 전자책을 통해서 자신을 대중에게 알리는 도구로 삼으려고 한다. 초보가 왕초보를 가르쳐 주는 시대라고 한다. 나보다 뒤에 오는 이들을 위해서 내가 가진 경험과 지식 노하우로 지식 창업을 하게 된다.

이를 위해서 블로그를 잘하는 법이라든지 유튜브 왕초보들을 위한 영상 제작법들이라든지 인스타에서 팔로우 늘리는 법을 알려주면서 독자들에게 정보를 제공할 수 있다. 책의 주제를 멀리서 찾지 말자.

마치 파랑새라는 동화에서처럼 가까이에 보물을 두고서는 멀리서 방황하는 주인공 모습이 우리일 수도 있다. 내가 잘하는 주제를 정하고 이에 대해서 글을 쓰자. 요즘처럼 글쓰기 수월한 플랫폼이 넘치는 시대도 없다고 본다.

나와 결이 맞는 플랫폼에서 꾸준하게 칼럼을 연재해 보자. 이 글들을 모아서 한 권의 책으로 낼 수도 있다. 꾸준하게 지속해서 칼럼 연재를 해야 한다. 이를 통해서 구독자들에게 유익한 정보를 제공하면서 사람들을 모으면서 내 팬을 만들어야 한다.

요즘에는 작가가 책만 쓰는 시대가 아닌 자신의 팬을 미리 만들어 두어야 한다. 이를 위해서 SNS 한 개 정도는 하기를 권해드린다. 주제는 심사숙고하지 말고 내가 가장 관심 있고 재미있어하는 분야를 정해서 정하기를 바란다. 이를 바탕으로 책을 즐겁게 쓰기를 바란다. 책 쓰기만큼 즐겁고 유익한 작업도 없다. 일단 쓰면서 자기 성장과 계발이 잘 될 수 있다는 사실을 기억하면서 임하기를 바란다.

제2장

전자책으로
내 이름을 알리자

1. 1인 기업을 하면서 전자책 쓰기

1인 기업을 운영하는 이들에게 전자책은 자신의 사업을 알리는 수단이 되고 있다. 오픈 채팅방에서 자기 계발을 위해서 여러 방에 들어가 있으면 심심찮게 전자책을 무료 배포하면서 자신의 비즈니스 홍보 수단으로 삼고 있다.

이런 상황이 자칫 전자책의 질적 하락을 유도하고 결과적으로 전자책은 무료로 받을 수 있다는 대중의 잘못된 선입견을 낳을 수도 있다고 본다.

앞으로 전자책이 시장에서 정착되려면 갈 길이 멀다고 보지만 그만큼 시장성이 크고 발전할 수 있는 잠재성이 많다. 이제 바야흐로 전자책 시대가 도래했다.

아니, 이미 왔다. 이런 전자책을 한 권 쓰면서 나를 대중에게 알리고 이를 통해서 자신의 장점을 사업의 비즈니스로 확장할 수 있는 좋은 수단임은 틀림없다.

한번 전자책을 내보고 싶다는 생각이 들지 않는가? 많은 이들이 책 쓰기는 남 얘기라고 생각한다. 책 쓰기를 해 보라고 하면 다들 내가 무슨 책을 써요, 그만한 수준이 아니라는 말을 많이 하고는 한다. 하지만 성공해서 책을 쓰는 게 아닌 책을 쓰면 성공자의 반열에 오를 수 있다.

20여 권의 책을 쓰면서 느끼는 점은 책 쓰기는 자기 계발의 끝판왕이라는 점이다. 한 분야의 책을 쓰면서 관련 문헌을 조사하고 이를 학습하면서 많은 공부와 지식의 축적이 이루어진다.

많은 이들에게 책 쓰기를 하라고 권하고 있고 지금도 책 쓰기 전도사로서 활동 중이다. 책을 쓰면서 느끼는 점은 독자들과의 소통의 즐거움이다. 내가 쓴 글에 누군가 반응하고 있다는 점에서 희열과 자긍심을 가지게 된다. 아울러 그동안의 지식 소비자에서 지식 생산자로서의 위치 변화를 이룰 수 있다는 점이다. 책을 낸 작가로서 책을 보게 되면 이전과는 다른 시각으로 볼 수 있는 눈이 형성된다. 흔히들 아는 만큼 보인다고 한다.

한 권 한 권 책을 쓰면서 그 내공과 깊이가 풍부해짐을 체험하게 된다. 이 책을 통해서 책 쓰기가 막연했던 분들에게 좋은 지침서와 길라잡이가 되었으면 한다.

전자책 쓰기는 마음만 먹으면 누구나 도전할 수 있다는 사실을 알려드리기 위해서다. SNS상에서 내 글을 노출할 기회가 점점 늘고 있다. 글을 쓸 수 있는 환경이 풍요로워지고 있다. 블로그, 브런치, 인스타그램, 페이스북 등을 통한 내 생각과 견해를 구독자들에게 공유할 수 있는 플랫폼이 즐비한 환경이다.

이 공간을 통해서 많은 글을 쓰면서 나의 열렬한 팬을 형성하자. 이들이 나중에 내가 책을 내면 사줄 수 있는 잠재고객이 될 수 있다. 책을 내게 된 동기는 그동안 독서와 글쓰기를 하면서 축적된 지식과 경험을 독자들에게 나누어주고 싶다는 마음이 들었다. 채웠으면 내보내야 한다는 생각이 들었다.

그래서 소소하지만, 나의 지식을 독자들과 공유하면서 함께 성장 발전하기 위해서 책을 한 권 두 권 냈다. 처음에는 과연 내가 책을 내면 사람들이 읽기나 할까? 자칫 웃음거리만 되지 않을까 하는 걱정과 우려도 있었다. 하지만 한 권 두 권 내면서 점점 성장하는 나 자신을 보게 되었다. 일단은 내가 가장 커다란 혜택을 보았다. 가르치면서 배우게 된다는 말이 사실이다.

독자들에게 나의 지식을 나누면서 교학 상장(教學相長)하는 즐거움을 가질 수 있었다. 그래서 계속해서 책을 내는 중이다. 이 즐거움을 나만 독차지하기는 아깝고 소중해서 이제 같이하자는 바람과 소망을 가지고 임하게 된다. 작가로서의 마인드와 멘탈이 사실 중요하다. 스킬과 방법은 배우면 된다. 먼저 내가 왜 책을 쓰고 작가로서의 길을 걸어가고자 하는가에 대한 자문과 답이 있어야 한다. 그러면 길게 갈 수 있다. 독자들 반응에 일희일비하지 않고 묵묵히 나의 길을 걸어갈 수 있게 된다. 사실 작가로서의 마인드가 올바르게 형성되는 게 중요하다고 생각한다.

시중에 책 쓰기에 대한 아카데미와 과정이 즐비하다. 돈만 내면 얼마든지 배울 수 있다. 또한 유튜브를 통해서도 관심만 가지면 전자책 쓰기에 대한 방법과 기술은 오픈되어 있다. 이는 쉽게 배울 수 있다는 점이다. 그러나 쉽게 배울 수 있기에 내 책을 쓰면서 좋은 책과 바른 생각을 가지고 임했으면 한다.

혹자는 작가가 되고자 하는 이유가 유명해지고 돈을 벌고 성공하기 위해서라고 서슴지 않게 말하고는 한다. 물론 그런 것 역시 동기가 될 수는 있다. 그러나 그런 부수적으로 따라오는 것들보다 근본적으로 내 책을 통해서 독자들에게 선한 영향력을 끼치겠다는 포부를 가지고 임했으면 한다.

책 보시라는 말이 있다. 불교에서 중생의 구제를 위해서 이타 정신의 극치로써 베풀어 주는 일이다. 내가 쓴 책이 독자를 일깨우고 세울 수 있는 마중물로써의 역할을 감당하기를 바란다. 그런 마음으로 한 글자 한 글자 책을 쓰게 되면 그 글들이 독자들 마음에 공명하게 된다. 큰 울림을 주게 마련이다. 깊이 있는 책을 썼으면 한다. 그러기 위해서 책을 내는 저자는 좀 더 연구하고 사색하고 숙고하는 시간을 가졌으면 한다. 이는 나에게도 해당하는 부분이다. 좀 더 숙성된 된장 같은 깊이 있는 책이 많이 선보여졌으면 한다. 그저 인스턴트적인 대중의 입맛을 자극할 수 있는 소위 후킹하는 책이 많이들 나오고 있고 그런 책들에 길들어 있기 마련이다.

물론 독자들의 욕망을 자극해서 나오는 책들이 베스트셀러가 되고 관심을 끌게 된다. 하지만 이런 것들이 오래갈 수 있겠느냐는 의

문이다. 좀 더 길게 보았으면 한다. 장사 하루 이틀 할 것도 아닌데 멀게 보았으면 한다. 그러므로 좀 더 준비하고 인고의 시간을 가지면서 나를 성장시킬 수 있는 계기를 마련하기를 바란다. 단언컨대 책 쓰기는 그대의 성장을 위해서 하나의 자극제가 될 수 있다는 사실이다.

한 분야의 책을 쓰려면 수십 권의 책을 보면서 연구하게 된다. 그동안 독자의 관점에서 책을 보았다면 이제는 저자의 관점에서 책을 읽게 된다. 좀 더 고차원적인 생각과 반응을 하게 된다. 이런 경험을 하는 여러분이 되었으면 한다.

가끔 내가 낸 책이 지역 대학 도서관에서 검색되는 걸 보면서 좀 더 책임감 있고 좋은 내용으로 써야겠다는 다짐을 하고는 한다. 하지만 매번 아쉽다. 부족하고 무언가 더 잘 쓸 수 있을 것 같다는 후회가 있다.

하지만 이내 나 자신과 타협하고 다음 책을 기약하며 책 쓰기를 마무리하고는 한다. 그러면서 나의 성장치가 높아지는 걸 보게 된다. 나의 첫 책을 보면 보기 민망하고 흑역사로 보이지만 그 또한 나의 발자취이기에 소중하고 귀하다고 생각한다.

책을 쓰면서 느낀 감정과 생각을 이 책을 통해서 나누고 싶다. 그러면서 내 생각을 독자들과 나누고 싶다. 이제 책 쓰기는 모든 이들이 마음만 먹으면 할 수 있는 그런 시대가 왔다는 걸 인정해야 한다. 과거 일부 지식층만 영위했던 것에서 벗어나서 책 쓰기는 대중화가 되었다. 이제 마음만 먹으면 책을 낼 수 있는 시대다. 1인 기업 시대에 평생직장이 사라진 이때, 나만의 책을 내서 대중에게 나를 알리고 퍼스널 브랜딩하는 우리가 되었으면 한다. 그런 당신의 시작을 응원한다.

2. 퍼스널 브랜딩 정의

우선 퍼스널 브랜딩이라는 용어에 대한 정의부터 들어가 보도록 하자. 요즘 많은 이가 퍼스널 브랜딩이라는 단어에 노출되어 있는 듯하다. 여기저기서 퍼스널 브랜딩을 통해서 1인 기업을 해서 성공해야 한다고 말한다. 과연 퍼스널 브랜딩이란 무엇인가. 이에 대해서 알아보자.

퍼스널 브랜딩(Personal Branding)은 개인이 자신의 전문성, 가치, 경험, 성격 등을 바탕으로 독자적인 이미지와 명성을 구축하고 이를 통해 사회적, 직업적 성공을 도모하는 일련의 과정이다. 과거에는 기업이나 제품 중심의 브랜드가 주를 이루었지만, 오늘날의 디지털 시대에서는 개인도 자신의 브랜드를 관리하고 확립할 필요가 커졌다. 퍼스널 브랜딩은 개인이 자신을 하나의 브랜드로 보고, 목표와 가치에 맞춰 그 이미지를 시장에서 어떻게 전달할지를 계획하는 과정이다. 퍼스널 브랜딩은 쉽게 이야기해서 나 자신이 하나의 브랜드가 되는 것이다. 우리가 쉽게 연상하는 것들이 있다. 코카콜라 하면 음료를, 스타벅스 하면 커피, 맥도날드 하면 햄버거를 떠올린다. 특정 카테고리를 이야기할 때 가장 먼저 떠오르는 브랜드를 최초 상기 브랜드라고 한다. 책 쓰기 하면 안세진 작가라는 이름이 떠오르게 하기 위해 그와 관련된 일을 하고 있다. 블로그에 책 쓰기 관련 칼럼을 쓰고 있고, 유튜브에 책 쓰기 관련 동영상을 제작하고 있다. 다양한 주제의 책을 내기 위해서 시도 중이다. 그러면서 대중은 서서히 내가 책쓰기 강사라고 인식하게 된다. 디지털상에서의 나의 활동에 대한 기록이 나를 증명하게 된다. 퍼스널 브랜딩이란 내가 원하는 분야에서, 내가 원하는 역할을 상대가 먼저 떠올릴 수 있게끔 만드는 것이라고 말하고 있다.

퍼스널 브랜딩의 중요성

오늘날은 정보가 넘쳐나는 디지털 시대다. 우리는 소셜 미디어, 블로그, 유튜브 등 다양한 채널을 통해 누구나 손쉽게 자신을 홍보하고, 자신의 이야기를 전달할 수 있는 환경에 놓여 있다. 이런 상황에서 퍼스널 브랜딩은 다른 사람 사이에서 눈에 띄고 자신의 강점을 알리는 중요한 도구가 된다. 특히 경쟁이 치열한 취업 시장이나 비즈니스 세계에서는 자기만의 차별화된 이미지를 만드는 것이 성공의 열쇠가 될 수 있다.

퍼스널 브랜딩은 단순히 자신의 이름이나 외형을 포장하는 것에 그치지 않는다. 본인의 가치관, 전문성, 경험을 바탕으로 다른 사람들과 신뢰를 쌓고, 자신의 정체성을 일관되게 전달하는 것이 중요하다. 또한 지속적으로 자기 계발과 피드백을 통해 자신의 브랜드를 성장시키고, 변화하는 시장 상황에 유연하게 대응할 수 있어야 한다.

퍼스널 브랜딩의 구성 요소

퍼스널 브랜딩을 구축하려면 몇 가지 중요한 요소가 있다. 이를 잘 이해하고 조합하는 것이 성공적인 브랜딩의 열쇠다.

- 자기 인식(Self-awareness) : 자신을 잘 아는 것이 퍼스널 브랜딩의 시작이다. 자신의 강점과 약점, 가치관, 목표를 명확히 이해하고 이를 바탕으로 타인에게 어떻게 보여질지를 계획해야 한다.
- 고유 가치(Value Proposition) : 다른 사람과 비교했을 때 본인만의 강점이나 특별한 점은 무엇인가? 자신이 제공할 수 있는 고유한 가치를 정의하고, 이를 기반으로 차별화된 이미지를 구축해야 한다.
- 일관성(Consistency) : 한번 구축된 이미지는 지속적으로 유지되고 발전되어야 한다. 소셜 미디어, 대면 접촉, 업무 성과 등에서 일관된 메시지와 이미지를 전달하는 것이 중요하다.
- 네트워킹(Networking) : 퍼스널 브랜딩은 타인과의 상호작용을 통해 더욱 강화된다. 자신의 전문성과 가치를 적절히 전달할 수 있는 네트워크를 구축하고, 이를 통해 신뢰와 평판을 쌓는 것이 중요하다.

• 콘텐츠 생성(Content Creation) : 자신의 브랜딩을 강화하기 위해
선 유용한 콘텐츠를 만들어내는 것이 중요하다. 블로그 글쓰기, 유
튜브 영상 제작, 소셜 미디어 포스팅 등을 통해 자신의 전문성을 증
명하고, 타인에게 가치를 제공할 수 있다.

성공적인 퍼스널 브랜딩의 사례

(1) 오프라 윈프리(Oprah Winfrey)

오프라 윈프리는 미국의 방송인으로서 자신만의 브랜드를 확립
한 대표적인 사례다. 그녀는 방송을 통해 공감 능력과 진정성 있는
소통을 보여주며, "자신의 목소리를 찾고 이를 세상에 전달하는 것"
을 강조했다. 오프라는 본인의 경험을 바탕으로 한 감동적인 이야기
와 진솔한 인터뷰를 통해 사람들과 깊은 연결을 맺었고, 사신의 이
름을 하나의 강력한 브랜드로 성장시켰다. 오프라의 경우, 신뢰와 감
성적 소통을 통해 전 세계 수백만 명에게 영향력을 행사하며 브랜
드 가치를 높였다.

(2) 리처드 브랜슨(Richard Branson)

리처드 브랜슨은 버진 그룹(Virgin Group)의 창업자로, 모험적이
고 혁신적인 기업가 이미지로 자신의 퍼스널 브랜딩을 구축한 대표
적인 사례다. 그는 항상 도전적이고 위험을 무릅쓰는 모습을 보여
줌으로써 일반적인 CEO와는 다른 차별화된 이미지를 만들었다. 이
러한 브랜딩은 그가 운영하는 다양한 비즈니스에 큰 도움이 되었으

며, 소비자들에게 신뢰와 호기심을 불러일으켰다. 브랜슨은 또한 소셜 미디어와 책을 통해 자신의 성공과 실패를 솔직하게 공유하면서 신뢰를 쌓았다.

퍼스널 브랜딩 구축을 위한 실천 전략

성공적인 퍼스널 브랜딩을 위해서는 체계적인 전략이 필요하다. 다음은 이를 위한 실천적 단계들이다.

- **자기 분석** : 먼저 자신이 누구인지, 어떤 가치를 제공할 수 있는지 깊이 탐구해야 한다. 강점, 약점, 열정 등을 명확히 파악하고, 목표를 설정하는 것이 중요하다.
- **목표 설정** : 자신이 추구하는 목표를 구체적으로 설정해야 한다. 단기적 목표와 장기적 목표를 나누어 계획을 세우고, 이를 달성하기 위한 구체적인 액션 플랜을 수립해야 한다.
- **전문성 강화** : 지속적으로 자기 계발을 하여 자신의 전문성을 강화해야 한다. 책을 읽거나, 세미나에 참석하거나, 새로운 기술을 배워 자신의 가치를 높이는 것이 중요하다.
- **온라인 플랫폼 활용** : 블로그, 유튜브, 인스타그램 등 다양한 온라인 플랫폼을 통해 자신을 알릴 수 있는 기회를 만들어야 한다. 특히, 자신의 분야와 관련된 유용한 정보를 제공하는 콘텐츠를 지속적으로 생성하는 것이 효과적이다.
- **피드백 수용** : 주변 사람들로부터 피드백을 받아들이고, 이를 바탕으로 자신의 브랜딩을 개선해야 한다. 끊임없이 성장하고 변화하는 자세가 중요하다.

퍼스널 브랜딩은 오늘날 개인이 사회적, 직업적 성공을 달성하기 위해 필수적으로 갖춰야 할 전략이다. 자신의 고유한 강점을 바탕으로 일관된 이미지를 구축하고, 이를 통해 다른 사람과 차별화된 신뢰와 평판을 쌓는 것이 중요하다. 오프라 윈프리, 리처드 브랜슨과 같은 성공적인 퍼스널 브랜딩 사례를 참고하여, 자신만의 독창적인 브랜드를 개발해 나갈 수 있다.

3. 책 출판을 통한 퍼스널 브랜딩

책을 출판하는 것은 퍼스널 브랜딩을 강화하는 매우 효과적인 방법 중 하나다. 책은 그 자체로 개인의 지식, 전문성, 경험, 가치관을 정리하여 세상에 알리는 중요한 매체이며, 이를 통해 개인이 전문가로서의 입지를 다지고 신뢰를 쌓는 데 큰 도움을 줄 수 있다. 책을 통해 자신을 표현하는 것은 단순한 자기 홍보를 넘어서, 독자에게 가치를 제공하고, 그들과 깊은 연결을 맺는 중요한 수단이 된다.

책 출판의 퍼스널 브랜딩 의의

(1) 전문성의 증명

책을 출판하는 것은 개인의 전문성을 공인하는 가장 강력한 방법 중 하나다. 책을 집필하려면 특정 분야에 대한 깊은 이해와 지식이 필수이므로, 출판 자체가 이미 그 분야에서 어느 정도의 권위를 가졌다는 상징으로 작용한다. 사람들은 저자를 해당 분야의 전문가로 인식하고, 그로 인해 신뢰를 얻게 된다. 이는 다른 어떤 형식의 마케팅보다도 신뢰 구축에 큰 영향을 미친다. 예를 들어, 개인이 특정 분야에 대해 책을 썼다면 그 사람은 그 주제에 대한 깊이 있는 이해와 통찰을 지닌 것으로 여겨지며, 이는 개인의 브랜딩을 강화하는 중요한 기초가 된다.

(2) 타인에게 가치를 제공하는 도구

책을 통해 자신이 알고 있는 지식이나 경험을 독자에게 전달함으로써, 사람들에게 가치를 제공할 수 있다. 독자들은 저자의 경험과 지식을 바탕으로 자신의 삶이나 업무에 도움을 얻을 수 있으며, 이를 통해 저자에 대한 긍정적인 인식을 가지게 된다. 단순한 자기 홍보를 넘어, 독자에게 실질적인 도움이 되는 내용으로 구성된 책은 저자의 이미지를 강화하고, 퍼스널 브랜딩을 강화하는 데 중요한 역할을 한다.

(3) 지속 가능한 브랜딩 효과

책은 일회성 콘텐츠와 달리 오랫동안 사람들의 기억 속에 남는 매체다. 출판된 책은 도서관, 서점, 인터넷 서점 등 여러 채널을 통해 지속적으로 독자들에게 노출되며, 시간이 지나도 저자의 이름과 메시지가 오랫동안 사람들에게 전달된다. 이는 소셜 미디어나 블로그

같은 디지털 콘텐츠보다 더 지속적인 브랜딩 효과를 가져다준다. 또한, 한 번 출판된 책은 후속 작업이나 다른 매체에서 저자를 다시 소개할 기회를 만들기도 한다.

책 출판을 통한 퍼스널 브랜딩 성공 사례

(1) 사이먼 시넥(Simon Sinek)

사이먼 시넥은 저서 《Start With Why》(왜로 시작하라)로 전 세계적으로 유명한 퍼스널 브랜딩을 확립한 사례다. 시넥은 이 책에서 "왜"라는 질문을 통해 기업과 개인이 성공적인 리더십과 혁신을 이끌어낼 수 있는 방법을 설명했으며, 이 메시지는 비즈니스 리더들 사이에서 큰 반향을 일으켰다. 책 출판 이후 그는 TED 강연을 통해 더 많은 사람에게 알려졌고, 이로 인해 리더십 및 동기 부여 전문가로서의 명성을 확고히 다졌다. 사이먼 시넥의 사례는 책 한 권이 어떻게 개인을 글로벌 전문가로 발돋움하게 할 수 있는지를 보여준다. 그의 책은 단순한 성공 비법이 아닌, 독자에게 진정한 통찰을 제공했기 때문에 더욱 강력한 퍼스널 브랜딩 도구가 되었다.

(2) 밀레니얼 세대의 멘토, 김미경

국내에서는 김미경 강사의 사례가 책을 통한 퍼스널 브랜딩의 좋은 예가 될 수 있다. 김미경은 여러 권의 책을 통해 자기 계발, 여성 리더십, 인생 설계 등에 대한 메시지를 전달하면서 퍼스널 브랜딩에 성공했다. 특히 그녀의 저서《김미경의 리부트》는 코로나19 이후 변화된 세상 속에서 개인이 어떻게 자신을 재정비하고 성공할 수 있는지에 대한 실용적인 조언을 담아 많은 이들에게 큰 반향을 일으켰다. 그녀는 책을 통해 다양한 연령대의 독자들과 소통하며 '인생 코치'로서의 브랜드를 확립했다. 이는 단순히 강연과 방송에서 쌓은 명성을 넘어 책이라는 매체를 통해 독자들에게 신뢰와 공감을 얻는 데 큰 성공을 거둔 사례다.

(3) 티모시 페리스(Timothy Ferriss)

티모시 페리스는《The 4-Hour Workweek》(주 4시간 근무)라는 책을 통해 전 세계적으로 퍼스널 브랜딩에 성공한 대표적인 인물이나. 한국어로는 '나는 네 시간만 일한다'이다. 페리스는 이 책에서 기존의 전통적인 직장 문화와 근무 방식을 비판하고, 더 자유로운 라이프스타일과 효율적인 시간 관리를 제시했다. 그의 혁신적인 아이디어는 큰 화제를 모았고, 그는 단숨에 전 세계적인 자기 계발 및 생산성 전문가로 떠오르게 됐다. 페리스의 사례는 자신이 생각하는 새로운 개념을 책으로 정리하고 이를 통해 독자들과 소통하는 것이 얼마나 강력한 브랜딩 도구가 될 수 있는지를 보여준다.

책 출판을 통한 퍼스널 브랜딩 구축 전략

(1) 독창적인 아이디어와 경험을 담은 콘텐츠

책을 통해 퍼스널 브랜딩을 구축하려면 단순한 정보의 나열이 아닌, 독창적인 아이디어와 본인의 경험을 담아야 한다. 사람들은 다른 곳에서 찾을 수 없는 독특한 시각과 실질적인 경험을 원한다. 예를 들어, 자기 계발 분야에서 이미 다루어진 주제라 하더라도 저자만의 독특한 통찰이나 경험을 담아내면 차별화된 가치를 제공할 수 있다.

(2) 타깃 독자 설정

책을 통해 성공적인 퍼스널 브랜딩을 구축하려면 먼저 타깃 독자를 명확히 설정해야 한다. 누구에게 어떤 메시지를 전달할 것인지 구체적으로 계획하고, 그에 맞는 언어와 사례를 활용하는 것이 중요하다. 독자가 원하는 내용을 충족시키면서도 저자만의 목소리를 담아야 독자와 강한 연결을 맺을 수 있다.

(3) 지속적인 소통과 콘텐츠 확장

책 출판이 퍼스널 브랜딩의 종착점이 되어서는 안 된다. 책을 출판한 후에도 독자들과 지속적으로 소통하고, 책의 내용을 기반으로 강연, 세미나, 소셜 미디어 활동 등을 통해 콘텐츠를 확장해 나가는 것이 중요하다. 이렇게 다채로운 방식으로 독자와의 연결을 강화할 수 있으며, 브랜딩 효과를 극대화할 수 있다.

책 출판은 퍼스널 브랜딩을 강화하는 강력한 수단으로, 개인의 전문성을 공인하고 타인과의 신뢰를 구축하는 데 중요한 역할을 한다. 사이먼 시넥, 김미경, 티모시 페리스 같은 성공적인 저자들은 책을 통해 자신의 메시지를 세상에 전달하고, 이를 바탕으로 글로벌 브랜드를 구축하는 데 성공했다. 책 출판으로 독자들에게 가치를 제공하고, 지속적인 소통을 통해 퍼스널 브랜딩을 확장하는 전략은 오늘날 누구에게나 유효한 브랜딩 방법이 될 수 있다.

4. 퍼스널 브랜딩 도구로서의 전자책 ①

전자책을 통한 퍼스널 브랜딩은 디지털 출판 플랫폼을 활용하여 자신의 지식, 전문성, 경험 등을 독자들에게 전달하고 이를 통해 개인의 이미지를 구축하는 과정이다. 전자책은 전통적인 종이책보다 출판 장벽이 낮고, 더 많은 독자에게 빠르게 도달할 수 있어 개인이 자신의 메시지를 전파하는 데 매우 유용한 도구다. 특히, 자기 계발, 비즈니스, 취미 등의 특정 분야에서 전문가로 자리매김하려는 사람들에게 전자책 출판은 퍼스널 브랜딩을 강화하는 효과적인 방법이다.

전자책을 통한 퍼스널 브랜딩 의의

(1) 낮은 진입 장벽과 빠른 출판

전자책은 종이책과 달리 출판 과정이 간소화되어 있으며, 누구나 쉽게 전자책 플랫폼을 통해 자신의 책을 출판할 수 있다. 이는 개인이 출판사의 문턱을 넘지 않고도 자신의 콘텐츠를 전 세계 독자에게 전달할 수 있는 기회를 제공한다. 퍼스널 브랜딩의 핵심은 자신의 가치를 알리는 것이기 때문에 전자책은 이를 구현하는 데 있어 큰 장점을 가진다. 더불어 전자책은 제작과 유통 비용이 저렴하고, 출판 기간도 짧아 본인의 아이디어나 메시지를 빠르게 시장에 내놓고 피드백을 받을 수 있다.

(2) 글로벌 도달 가능성

전자책은 인터넷만 있으면 누구나 다운로드하여 읽을 수 있기 때문에, 전 세계 독자를 대상으로 자신의 브랜드를 알릴 수 있다. 전자책 플랫폼인 아마존 킨들, 애플 북스, 구글 플레이 북스 등은 글로벌 시장을 타깃으로 하며, 이러한 플랫폼을 통해 개인은 물리적, 지리적 한계를 넘어서 자신의 브랜드를 홍보할 수 있다. 이는 종이책이 갖는 지역적 한계를 극복하고, 국제적인 영향력을 확보하는 데 도움을 준다.

(3) 콘텐츠의 유연성

전자책은 기존의 종이책과 달리 텍스트 외에도 이미지, 동영상, 링크 등 다양한 형태의 멀티미디어 콘텐츠를 포함할 수 있다. 이는 퍼스널 브랜딩을 할 때 자신의 메시지를 더 생동감 있게 전달할 수 있는 기회를 제공하며, 독자와의 상호작용을 높이는 데 도움이 된다. 예를 들어, 전자책에 본인의 유튜브 채널, 블로그, 소셜 미디어 계정을 연결함으로써 독자들이 다양한 채널을 통해 저자와 지속적인 소통을 이어가도록 유도할 수 있다.

(4) 개인화된 콘텐츠 제공

전자책은 특정 독자층을 겨냥하여 맞춤형 콘텐츠를 제공할 수 있다는 장점이 있다. 타깃 독자층에 맞는 전자책을 집필하고 이를 디지털 마케팅과 결합하면 퍼스널 브랜딩 효과를 극대화할 수 있다. 예를 들어, 특정 분야에 관심이 있는 사람들을 대상으로 실용적인 조언을 제공하는 전자책을 집필함으로써 해당 분야의 전문가로 자리매김할 수 있다.

전자책을 통한 퍼스널 브랜딩 성공 사례

(1) 팀 페리스(Tim Ferriss)

팀 페리스는 전자책과 종이책 모두를 통해 퍼스널 브랜딩을 구축한 인물이다. 그의 베스트셀러《*The 4-Hour Workweek*》는 전자책으로도 출판되어 전 세계 독자에게 빠르게 확산되었으며, 특히 디지털 노마드와 라이프스타일 디자인에 관심 있는 사람들 사이에서 큰 인기를 끌었다. 전자책의 접근성 덕분에 그의 아이디어는 더 많은 사람에게 도달할 수 있었고, 이를 통해 그는 '효율적인 시간 관리'와 '자유로운 라이프스타일'의 아이콘으로 자리 잡았다. 페리스는 전자책을 통해 전통적인 출판 방식을 넘어서 디지털 시대의 새로운 리더로 부상했다.

(2) 존 리 두마스(John Lee Dumas)

팟캐스트 진행자로 유명한 존 리 두마스는 전자책을 활용해 자신의 퍼스널 브랜딩을 강화했다. 그의 전자책《The Freedom Journal》은 독자들이 100일 안에 목표를 달성할 수 있도록 돕는 실용적인 조언을 담고 있으며, 킥스타터 캠페인을 통해 대중의 큰 호응을 얻었다. 이 전자책은 그가 운영하는 팟캐스트와도 연결되어 있으며, 이를 통해 그는 목표 달성 및 개인 개발 전문가로 자리매김했다. 두마스의 전자책 출판은 그의 다른 디지털 콘텐츠와 시너지 효과를 일으켜 퍼스널 브랜딩을 한층 강화하는 데 기여했다.

전자책 출판을 통한 퍼스널 브랜딩 전략

(1) 타깃 독자 설정 및 콘텐츠 맞춤화

성공적인 퍼스널 브랜딩을 위해서는 자신이 어떤 독자에게 다가

가고 싶은지 명확히 설정해야 한다. 타깃 독자의 요구와 관심사에 맞는 맞춤형 전자책을 집필하면 독자들로부터 신뢰를 얻을 수 있으며, 이는 곧 저자의 브랜딩을 강화하는 데 기여한다. 또한, 전자책의 내용은 실질적으로 독자에게 가치를 제공할 수 있어야 한다. 정보 제공, 문제 해결, 실용적인 조언 등이 담긴 전자책은 독자들에게 긍정적인 평가를 받을 가능성이 높다.

(2) 다양한 디지털 플랫폼 활용

전자책은 단일 출판 플랫폼에만 의존할 필요가 없다. 아마존 킨들 외에도 애플 북스, 구글 플레이 북스, 코보 등 다양한 전자책 플랫폼을 활용하면 더 많은 독자층에 다가갈 수 있다. 또한, 자신의 블로그, 유튜브 채널, 소셜 미디어 등을 통해 전자책을 홍보하면 디지털 환경에서 보다 폭넓은 브랜드 노출 효과를 기대할 수 있다.

(3) 멀티미디어 콘텐츠와 연계

전자책의 장점 중 하나는 멀티미디어 콘텐츠를 쉽게 통합할 수 있다는 것이다. 저자가 운영하는 팟캐스트, 유튜브 채널, 또는 온라인 강의 등을 전자책에 연계하여 독자가 다양한 방식으로 저자와 소통할 수 있도록 유도할 수 있다. 이는 독자들이 단순히 책을 읽는 것에서 나아가 저자와 깊은 연결을 맺게 하여 퍼스널 브랜딩을 더욱 강화할 수 있다.

(4) 독자 피드백과의 상호작용

전자책 출판 후 독자들과의 상호작용을 통해 피드백을 받고 이를 반영하면 브랜딩을 더욱 발전시킬 수 있다. 리뷰나 독자 피드백을 기반으로 전자책을 수정하거나 후속 콘텐츠를 제작할 수 있으며, 이를 통해 독자들은 저자에게 더 깊은 신뢰를 갖게 된다. 이처럼 지속적인 소통을 통해 개인 브랜드를 확립하고 발전시켜 나가는 것이 중요하다.

전자책은 디지털 시대에 퍼스널 브랜딩을 강화하는 데 매우 강력한 도구로 자리 잡고 있다. 전통적인 출판과 달리 전자책은 저비용, 빠른 출판, 글로벌 도달성 등의 장점을 제공하며, 이를 통해 많은 전문가가 자신의 브랜드를 널리 알리고 있다. 패트릭 플린, 팀 페리스, 존 리 두마스 같은 성공적인 사례는 전자책을 통해 개인의 메시지를 전파하고, 이를 통해 전문가로서의 입지를 확고히 다진 인물들이다. 전자책을 활용한 퍼스널 브랜딩 전략은 누구나 실천할 수 있으며, 특히 자신의 전문성이나 경험을 널리 알리고 싶은 사람들에게 효과적인 방법이 될 수 있다.

한국에서 책을 통한 퍼스널 브랜딩에 성공한 사례들은 전자책이 얼마나 효과적인 도구가 될 수 있는지를 보여준다. 자청, 김미경 같은 인물은 전자책을 통해 자신만의 메시지를 전파하고, 특정 분야에서 전문가로 자리 잡았다. 전자책은 빠른 유통, 넓은 도달 범위, 접근성 등을 통해 더 많은 사람과 소통할 수 있는 기회를 제공하며, 그 결과 이들은 자신들의 브랜드를 성공적으로 확립할 수 있었다.

이제 당신 차례다. 이런 무수한 성공 사례를 보면서 나 역시 책을 써보고 싶다는 생각이 들지 않는가? 이 책을 읽는 당신 또한 할 수 있다. 일단 책을 써서 한 권 내보는 과정을 통해서 자기 계발과 공부가 된다는 점을 기억하기를 바란다. 책 쓰기는 남는 장사다. 첫 책을 종이책으로 기획을 해서 출판하기를 다들 희망할 것이다. 하지만 그건 너무나도 어렵고 고된 길이다. 진입장벽이 있다. 출판사라는 곳이 호락하지만은 않다. 그들도 수익을 내기 위해서 인지도 있고 팔리는 책을 출간하려고 한다. 아직 아무런 검증되지도 않고 퍼포먼스도 없는 초보 작가의 책을 덥석 내줄 출판사는 없다고 보는 게 현실적이다. 그러므로 일단 전자책을 통해서 다양한 책 쓰기의 경험을 해볼 것을 권해드린다. 전자책은 사실 원고만 있으면 누구든지 출간할 수 있다. 플랫폼에 등록하는 방법 등 구체적인 것은 이후에 나오는 장을 통해서 배우면 된다. 젊다면 조금만 배우면 누구든지 쉽게 나만의 책을 낼 수 있다. 이런 소소한 경험을 여러 번 하면서 책을 내는 경험과 글쓰는 훈련을 하기를 바란다. 전자책 쓰기는 출판의 기본적인 부분을 A-Z까지 몸소 경험할 수 있는 좋은 기회이다. ISBN이 달린 시중 서점에 유통되는 책을 내면 네이버에 작가로 등록할 수 있게 된다. 인터넷에 검색되는 인물이 되는 것이다. 아직 인터넷에 검색되는 인물은 그에 비해서 적다고 본다. 이렇게 사이버상에서 나의 기록이 쌓이면 그것이 나를 증명하는 하나의 도구가 될 수 있다. 오래된 검증된 도구의 하나로 책만 한 것이 없다고 본다. 비즈니스는 고객의 문제점을 해결해 주는 활동이다. 이를 위해서 나만의 콘텐츠가 필요하다. 이에 최적화된 것으로 책만 한 것이 없다. 한 권의 책이 나를 증명하게 되고 알리는 매개체가 된다. 이제 그 시작을 하기 위해서 이 책은 여러분과 함께 긴 여정의 길을 떠나고자 한다. 함께 끝까지 함께하기를 바란다.

5. 퍼스널 브랜딩 도구로서의 전자책 ②

　내 이름으로 된 책 한 권을 가지고 싶다는 소망이 있는 당신에게 전자책 한 권을 쓴다는 건 커다란 도전이자 기회일 수 있다. 책을 씀으로 인해서 그대는 그 분야의 권위자와 남에게 알려줄 수 있는 위치에 이르게 된다.

　지금까지도 책을 낸 이들에 비해서 자신의 책 한 권 없는 이들이 부지기수다. 저자 안세진이라는 이름으로 쓰인 책들이 전국을 돌아다니면서 나를 홍보하고 있다. 그래서 책은 발 없는 명함이라는 말이 있다. 내가 자는 동안에도 전자책 수입은 내 통장으로 꽂히게 된다. 이른바 패시브 인컴이라고 한다.

　나는 지금까지 전자책 19권을 냈다. 지금도 계속 쓰고 있다. 처음 전자책을 낼 때는 어떻게 하는지 모르고 그저 무료 강연에서 전자책 강의가 있다는 걸 듣고 이 세계를 알았다. 독학으로 전자책을 만들어 낸 케이스다.

많은 이들이 전자책 전문 코칭가에게 강의비를 내고 방법을 배워서 내고는 한다. 처음 시도하는 이들에게는 이 방법이 나을 수도 있다. 시행착오를 줄일 수 있어서다.

요즘 젊은 사람은 금방 할 수 있을 거라 생각한다. 생각보다 간단하다. 원고를 작성하고 표지를 만들고 등록 플랫폼에 올리기만 하면 모든 작업이 끝이 난다. 물론 세부적으로 들어가면 기획과 목차 작성, 원고작성, 교정 교열, 표지 제작, 플랫폼 등록 등 알아야 할 부분이 많다. 하지만 큰 틀에서는 원고를 만들고, 표지를 만들고, 등록하면 일단락된다.

모든 일에는 양질 전환의 법칙이 적용된다. 나 역시 20권 남짓의 진자책을 만들면서 경험치가 쌓였다. 처음 전자책은 지금 보면 참으로 민망할 수준의 표지와 내지 디자인 등 투박하기 마련이다.

종이책을 내려고 독서법을 한 권 분량으로 썼다. 몇 달간 고생 끝에 원고작성을 마치고 투고해서 출판사와 계약을 하려고 했다. 하지만 출판사에서 책을 몇백 권 사달라는, 이른바 반기획 출간을 제의해서 나는 고심 끝에 이 원고를 전자책으로 만들자고 결정하게 된다. 그래서 탄생하는 게 독서법 3총사 《서평 쓰기의 즐거움(리더스 하이를 체험하라)》,《미라클 독서법》,《함께하는 독서의 즐거움》이라는 세 권으로 쪼개서 내게 된다.

처음에는 아무것도 모르고 유튜브를 보면서 들었던 전자책 강의를 참고해서 만들게 된다. 그렇게 시작한 전자책 작가로서의 길을 걷

게 된 지도 3년이라는 시간이 지났다. 이제 전자책 강의를 하고, 다른 사람이 쓰게 할 정도의 코칭가로서의 위치에 이르렀다.

이 책을 쓰게 된 동기도 좀 더 전자책을 만드는 이들이 많아지기를 바라는 마음에서 시작했다. 무슨 일이든 처음이 힘들다. 처음에는 과연 내가 책을 쓸 수 있을까? 라는 반신반의한 마음으로 다들 시작한다. 책은 아무나 쓰는 게 아니야, 내가 책 쓸 수 있는 자격이 있겠느냐는 의심부터 하게 된다.

성공해서 책을 쓰는 게 아니라 책을 쓰면 성공한다는 말이 있다. 당신 안에 잠자고 있는 작은 무언가를 끄집어내서 가공하고 단장하자. 세상 어디서 볼 수 없는 나만의 콘텐츠가 될 수 있다. 이걸 발견하는 건 어렵지 않다. 그냥 앉아서 쓰면 된다.

정 어려우면 나에게 도움을 요청하면 도와주겠다. 전 국민의 1인 작가 시대를 여는 게 나의 바람이다. 이를 위해서 발벗고 나서고 싶다. 한 권의 책을 쓰게 되면 작가에게 이로운 점이 많다. 일단 자료조사 과정에서 많이 공부할 수 있는 시간이 된다. 이를 통해서 성장하고 발전하기 마련이다. 책 한 권의 분량을 채우기 위해서 내가 알고 있는 지식으로만 채울 수는 없다. 이를 위해서는 관련 분야에 대한 자료 수집 과정이 있어야 한다. 만약 독서법에 관해서 책을 쓴다고 하면 그와 관련된 책을 100권 정도는 보면서 공부해야 한다. 그래야 기존 책에서 한 단계 진일보한 책을 만들 수 있다. 책을 쓰기 위해서는 일종의 자기 페르소나와 같은 모델 북을 선정해야 한다.

벤치마킹할 수 있는 책을 몇 권 선정해서 그 책을 분석해 보는 거다. 그 책의 장단점을 파악하고 이 책에서 내가 배울 점과 아쉬운 점에 대해서 일목요연하게 나열하는 거다. 이를 바탕으로 좋은 점을 살리고 아쉬운 점은 내 책에서 보완해서 책을 쓰면 독자들에게 선택받는 책이 완성되게 된다. 독자들은 책을 그저 읽지 않는다.

이 책이 나에게 정보를 제공해 주거나 경제적 이득을 주거나 재미를 줄 수 있어야 한다. 서점에서 한 권의 책을 구매하고 이를 읽는데 시간을 투자한다는 건 그만큼 효용도를 기대한다는 뜻이다. 독자가 내 책을 살 수 있도록 매력적인 제목과 목차 표지를 통해서 끌어들일 수 있어야 한다.

창밖에는 매미가 울고 있다. 올해 여름도 한창이다. 여름의 더위를 뒤로한 채 나는 또다시 원고작업에 들어갔다. 내가 책상에 앉아서 모니터를 바라보며 키보드를 두들기는 고된 외로운 작업에 다시금 들어가게 하는 원동력은 독자의 사랑과 관심이다.

어디선가 내 책을 기다리고 있을 독자들을 생각할 때 한 문장 한 문장 최선의 단어를 선택해서 조금이라도 내가 가진 지식을 잘 전달하고 싶다는 마음을 가지게 된다. 그게 내 책무이자 작가의 존재 이유다. 이 책의 이름, '퍼스널 브랜딩 전자책 쓰기 바이블 with AI'라는 제목처럼 이 한 권으로 전자책의 모든 걸 알려주겠다는 각오로 임하고 있다. 나의 전작 '퍼스널 브랜딩 전자책 쓰기'도 왕초보를 위해서 친절하고 자세하게 나와 있으니 참고하기를 바란다. 매번 새로운 책 작업에 들어가면 과연 내가 이 책을 끝낼 수 있을까? 라는 의문이 들고는 한다. 이 여정에 독자들이 함께했으므로 완주할 수 있었다. 이제 이 책을 통해서 많은 이들이 전자책 쓰기의 재미에 빠지기를 바란다.

단군 이래 책 쓰기 좋은 환경이라고 생각한다. 요즘처럼 책을 내기 편한 환경도 없다고 본다. 작가라는 타이틀을 얻는 게 그리 어렵지 않은 시대이다. 독자보다 작가가 많다는 우스갯소리도 듣게 된다.

그만큼 책을 내는 플랫폼(유페이퍼, 작가와, 부크크)들도 많고 정보도 오픈된 시대이다. 자신이 조그만 관심이 있고 의지만 있다면 책을 낼 수 있다.

그러면 왜 전자책인가? 종이책의 물성과 권위가 아직은 있다. 책을 냈다고 하면 그래 한번 보여줘 봐 하면서 다들 종이책을 떠올리게 된다.

하지만 요즘 오디오북 인기와 더불어 태블릿에서 책을 보는 이들이 많아지는 추세에서 전자책을 선호한다. 종이책은 쓰려고 하면 분량에 대한 부담과 더불어, 출판사에서 픽을 해야 하는데 이게 쉽지 않다. 이후에 출판사 편집자와의 작업 과정에서 많은 원고의 수정과 보완을 요구받게 된다.

아울러 인세 또한 8~10%로 전자책의 60~70%에 비해서 현저히 낮다. 팔리지 않는 책들은 재고로 남기 때문에 출판사들이 초보 작가들의 책을 내는 데 주저하게 된다. 마케팅력에서 의문을 제시하기 때문이다.

출판사는 여러분의 꿈을 이루어 주는 곳이 아니다. 이들도 이윤을 남기는 비즈니스를 하는 곳이기에 팔리는 책에만 투자하게 된다.

그러기에 초보 작가에게 전자책을 처음 출판해서 책 출간의 프로세스를 경험해 보고 역량을 쌓는 것도 좋은 기회이다. 이후에 종이책을 쓸 수 있는 필력도 쌓을 수 있다. 보통 종이책은 바탕글 10포인트의 한 꼭지 글을 40개 정도 쓰면, 최소한 책 한 권의 분량을 낼 수 있다.

한 꼭지의 글은 A4 1.5~2페이지 정도의 분량이다. 80장에서 100장 정도 쓰면 책 한 권이 나오게 된다. 초보 작가에게 이 분량의 원고를 쓴다는 게 만만치 않다.

이에 반해서 전자책은 30페이지에서 50페이지 정도면 한 권의 책이 나올 수 있다. 분량에 대한 부담이 대폭 줄어든다고 할 수 있다. 크몽, 탈잉, 클래스 101 등 재능기부 사이트에 올리는 PDF는 20페이지 정도면 올릴 수 있다. 요즘은 초보가 왕초보를 가르쳐 주는 시대이다. 자신이 남들보다 조금이나마 잘하고 있는 분야에 대해서 자신만의 경험과 노하우를 공유하면서 이를 통해서 수익화를 할 수 있다.

평생직장이라는 용어가 사라진 지 오래다. 요즘 오픈 채팅방을 열어서 자신만의 테마를 잡고 이를 통해서 강의와 콘텐츠를 고객들에게 세일즈하는 분들이 많다. 소위 오픈 채팅방의 춘추전국시대이다. 이러한 때에 자신만의 전자책을 내고 이를 수단으로 그 분야의 전문가로서 설 수 있고 이를 강의와 수익화 과정까지 이루시기를 바란다. 필자도 독서법 관련 전자책 3권을 내서 이를 바탕으로 독서법강의를 하고 독서 모임을 하고 있다.

사람들은 책을 내었다는 사실만으로 그 분야에 대해서 어느 정도 아는 사람이라고 인식하게 된다. 그 분야의 전문가가 된다는 뜻이다. 나만의 전자책을 써서 한 분야의 전문가가 되고 네이버 인물 등록까지 하는 기회를 얻기를 바란다.

책을 일반 서점에 유통하기 위해서는 ISBN을 발급받아야 한다. https://www.nl.go.kr/seoji/국립중앙도서관 ISBN ISSN 납본시스템에서 발급받게 된다. 사람으로 치면 주민등록번호라고 이해하면 쉽다. 국제표준도서번호이다. ISBN(國際標準圖書番號, International Standard Book Number)으로 책을 등록시키면 네이버 인물 등록에 작가로서 자신을 소개할 수 있다.

독자들이 IT 기기에 익숙해져 있는 환경이다. 스마트폰과 태블릿 기기를 통해서 웹툰을 보는 유저들이 늘고 있다. 지하철에서 책들을 무겁게 가지고 다니기보다는 휴대가 용이한 전자책을 파일 형태로 지니면서 자신이 읽었던 부분을 편리하게 찾을 수가 있다. 오디오북에 대한 독자들의 수요도 늘고 있다. 바쁜 현대인들에게 소리로써 읽어주는 책을 통해서 정보와 지식을 얻게 된다. 이제 전자책은 하나의 대세로 자리 잡고 있다.

스마트폰 하나와 노트북만 있으면 1인 기업가로서 자신만의 비즈니스를 펼칠 수 있는 시대이다. 이와 더불어 나만의 주제를 가지고 전자책을 한 권 가지고 있으면 그 분야의 전문가로서 대중에게 인식될 수 있다.

이런 기회를 잡는 여러분들이 되었으면 하며 이 책이 전자책을 준비하는 여러분들에게 많은 도움이 되었으면, 하고 바라게 된다. 책한 권을 낸 작가로서 권위와 명성을 가지게 되는 출간을 통해서 나만의 브랜딩을 하는 우리가 되었으면 한다.

　나의 콘텐츠를 통해서 이를 주제로 책을 내기를 바란다. 전자책의 주제는 우리가 일상에서 남들보다 조금 더 관심 있고 잘하는 게 될 수 있다. 이를 바탕으로 책을 내면 된다. 이제 실행하는 게 답이다. 나만의 영역을 구축하는 여러분이 되었으면 한다.

6. 전자책은 걸어 다니는 명함

나 자신을 세일즈하는 시대다. 책은 걸어 다니는 명함이라고 불린다. 과거의 책은 소수 집단만이 낼 수 있는 특권층이 점유하던 분야였다. 책을 내려면 그 분야의 전문가인 박사급 인재거나 교수들이나 쓰던 시대가 있었다.

당시에는 책을 낸다는 건 일반인이 접근하기에는 감히 불가능한 영역이었다. 하지만 이제 시대가 변했다. 1인 책 쓰기 시대가 된 지 오래다. 블로그, 브런치를 통해서 자신만의 글을 대중에게 노출할 수 있는 플랫폼이 넘쳐나는 때다.

자신이 관심 있는 분야와 흥미로운 글로 독자들의 이목을 끌 수 있다. 이제 글을 쓰면서 자신을 표현하는 시대다. 자신이 쓴 글로 노하우와 정보들을 제공하면서 이를 바탕으로 그 분야의 인플루언서가 되는 시대다.

코로나19로 비대면 문화가 확산했었다. 모이지 못하는 환경에서 사람들은 강의실에서 강의를 듣지 못하는 상황이었다. 이를 대처할 수 있는 게 줌을 통한 강의였다. 코로나라는 특수한 환경도 사람들의 배움에 대한 열정과 의지를 꺾지는 못했다. 자기 계발에 대한 욕구를 충족시키기 위해서 오픈 채팅방에서 관련 주제에 관한 관심자들이 모여서 모임을 하기도 했다.

필자도 독서를 테마로 채팅방을 운영 중이다. 이렇게 모인 이들끼리 소통하면서 네트워킹을 할 수 있다. 책도 기존의 종이책을 선호하는 문화에서 벗어나서 전자책을 통해서 스마트폰과 태블릿 PC에서 지식을 수용하는 계층이 늘고 있다.

나만의 전자책을 한 권 발권하게 되면 나 자신을 대중에게 어필할 수 있는 계기가 된다. 전자책의 주제 또한 다양하다. 이런 것도 쓸 수 있을까, 하는 책도 나오고 있다.

정부지원금을 타는 법, 사찰에서 기도하는 법 등 다양한 제목의 전자책이 대중에게 선보이고 있다. 이제 전자책의 주제는 먼저 선점하는 이가 주도하는 블루오션이 되고 있다. 이런 황금기에 나만의 지식과 노하우와 경험을 바탕으로 책을 써서 나를 대중에게 알릴 기회를 잡기를 바란다.

그 책을 읽은 독자가 당신의 고객이 될 수 있도록 만들기를 바란다. 그래서 찾아오는 고객을 만들기를 바란다. 비즈니스는 고객의 불편을 해소해 주는 것이라는 말이 있다. 고객의 작은 불편을 해소하면서 솔루션을 제공하고 이에 대한 가치를 통해서 돈을 받을 수 있다.

즉 세일즈가 이루어진다.

우리의 비즈니스는 점점 소규모화되고 세분화될 것이다. 맞춤식 전략으로 다가가야 한다. 이를 위해서 내가 쓴 전자책이 대중에게 매뉴얼과 같은 도구로써 쓰여야 한다. 대중은 당장 내가 가진 문제를 해결해 줄 만한 정보를 원하고 있다.

전자책은 작은 분량의 내용이지만 실질적으로 독자가 이를 바탕으로 써먹을 수 있는 정보를 얻기를 바란다. 종이책은 여러 형식과 구성 단계가 있지만 전자책은 이를 생략할 수 있다. 바로 본론으로 들어가는 것이다. 그러하기에 누구든지 자신이 가진 분야의 키 메시지가 있는 사람이라면 충분히 발행할 수 있다.

실제로 자신이 만든 전자책으로 비즈니스 활동을 하는 분을 많이 볼 수 있다. 이제 당신 차례다. 언제까지 남이 쓴 책만 보면서 독서가로 사는 삶을 살 것인가. 이제 정보의 소비자에서 생산자로서 탈바꿈할 때다.

내가 알고 있는 정보를 대중에게 공유하고 이를 통해서 도움을 주고 대가를 얻기를 바란다. 지식 물물교환 시대에 나의 무형 자산을 발행하여서 이를 통해서 수익화를 이루기를 바란다. N잡러의 시대다. 평생직장의 개념이 사라진 지 오래다. 기업은 언제든지 사람들을 쉽게 채용하고 바꿀 수 있기를 희망하고 있다. 직장에 나 자신의 운명을 맡기기에는 위태로운 게 고용시장의 환경이다.

이러한 때에 나만의 전자책을 써서 나를 대중에게 알릴 수 있는 활동을 통해서 나를 브랜딩하기를 바란다. 언제까지 남의 책을 읽는 독자로서 머무를 것인가?

나만의 책을 써서 이를 통해 전문가로서의 반열에 오르기를 바란다. 성공해서 책을 쓰는 게 아닌, 책을 쓰면 성공할 수 있다. 전문가가 책을 쓰는 게 아니라 책을 쓰면 전문가가 될 수 있다.

책을 쓰겠다고 하면 주변에서 네가 뭐라고 책을 쓰냐는 소위 드림킬러들이 우글거린다. 그들의 코를 납작하게 해 주기 위해서 보란 듯이 책 쓰기에 성공하기를 바란다.

대부분 작가는 한 권의 책을 내는 걸 산고의 고통이라고 비유한다. 그만큼 나의 영혼과 뼈를 갈아서 낸다고 생각하면 된다. 고되고 어려운 작업이지만 이내 다음 책을 쓰게 된다. 자부심과 성취감을 느낄 수 있어서다. 이 즐거움을 여러분도 느꼈으면 한다.

7. 전자책, 1인 창업을 위한 N잡러가 되는 첫걸음

바야흐로 N잡러의 시대다. 평생직장이라는 개념이 사라진 이때의 직장에서 나를 먹여 살려주는 기간이 영원할 거라는 착각은 빨리 버려야 한다. 다들 나만의 수익화와 파이프라인을 구축하기 위해서 오늘도 1인 기업 시장에 뛰어들고 있다.

하루에도 수십 명이 이 경쟁의 레이스에 돌입하고 있다. 이제 보통 열심히 해서는 명함을 내밀기 어려운 상황이다. 나만의 차별화된 무기와 콘텐츠 강점을 개발해서 이를 통해서 강의화를 하면서 고객을 모아야 한다.

이를 위해서 가장 도움이 되는 도구가 전자책이다. 전자책은 독자들에게 가장 핵심적이고 필요한 정보들을 모아놓은 책이다. 어쩌면 자료라고도 할 수 있다. 오픈 채팅방에 유입시키고 무료 강의 후에 후기를 받기 위해서 선심성으로 주는 PDF 자료를 전자책으로 지칭하기에는 어렵지만 이도 넓게 보면 전자책으로 볼 수 있다. 이렇듯 잘 만든 전자책은 나의 사업을 홍보하고 사람들에게 나 자신을 알릴 수 있는 도구가 된다.

필자가 1인 기업 과정을 듣고 강의를 열고자 할 때, 타 플랫폼에서 강의 신청을 의뢰할 때 그래도 전자책 3권을 쓴 작가였기에 콘택트를 할 수 있었다. 이제 여러분 차례다. 망설이면 기회는 사라진다. 언제까지 나는 좀 더 준비되어야 해요, 조금 더 공부하고 성취한 다음에 쓸게요, 라는 핑계와 변명은 통하지 않는다.

세상은 여러분만의 콘텐츠를 기다리고 있다. 당신이 꺼내놓지 않는 이상 누구도 궁금해하지 않는다. 이제 저와 함께 전자책을 써서 출간하고 이를 통해서 작가의 반열에 오르자. 아직 자신의 ISBN을 받은 책을 내지 않은 이들이 주변에는 많다. 그들보다 앞서가고 싶지 않은가?

안세진 작가가 여러분의 전자책 쓰기 과정을 돕고 싶다. 이 책을 읽고 의문이 들거나 좀 더 도움을 얻고자 하는 이들이 있으면 누구든지 환영한다. 친절하게 상담하고 여러분을 도울 준비가 되어 있다. 함께하는 힘이 크다는 점을 알고 있다. 빨리 가려면 혼자 가고 멀리 가려면 함께 가라는 말이 있듯이 서로 으쌰으쌰 하면서 결과물을 낼 때의 성취감은 이루 말할 수 없다.

만약 전자책의 분량이 부담된다 싶은 분은 전자책 공저 과정을 통해서 감을 익히시는 것도 권해드린다. 일단은 내 이름으로 한 권의 책이 나오는 느낌과 맛을 맛보는 여러분이 되었으면 한다. 그 경험이 여러분을 다음 단계로 이끌어 줄 것이다.

전자책을 여러 권 내게 되면 그 경험을 바탕으로 종이책에 도전해 보는 것도 권해드린다. 모든 일에도 순서와 과정이 있다. 처음부터 정상에 가려고 하면 힘도 들고 부담스럽다. 나에게 맞는 코스를 통과하고 순차적으로 접근하면서 성장하고 발전할 때 무리하지 않고 한 스텝 한 스텝 목표 지점에 도달할 수 있다. 부디 이 책이 여러분의 전자책을 내는 데 있어서 많은 도움이 되었으면 한다. 나만의 노트북과 공간만 있으면 무자본 지식 창업을 할 수 있다. 내가 좋아하고 관심이 있고 잘하는 분야를 정해서 이를 콘텐츠화하자. 책만큼 좋은 매체는 없다고 본다. 아직도 많은 대중과 독자들은 지식을 찾을 때 책을 참고한다. 이를 바탕으로 나의 강연과 컨설팅 코칭을 해서 사업을 펼칠 것을 바란다. 비즈니스는 고객의 불편을 해소하는 데서 출발한다고 말한다. 고객이 가진 어려움을 들어주고 그들의 입장에서 이해해 주고 해결하면서 나의 비즈니스 영역은 확장된다.

나의 비즈니스를 거창한 데서 찾지 말기를 바란다. 작고 사소한 것에서부터 시작된다. 구글 폼 만들기 강의를 연 분도 있다. 혹자는 그거 모르는 이가 누구냐고 할 수도 있지만 그런 분도 있다는 걸 명심하자. 우리가 놓치는 사업의 기회는 무궁무진하다. 관심이 있고 아는 만큼 보이게 된다. 각자 사업의 눈을 여는 우리가 되었으면 한다.

제3장

AI 시대에 전자책 쓰기

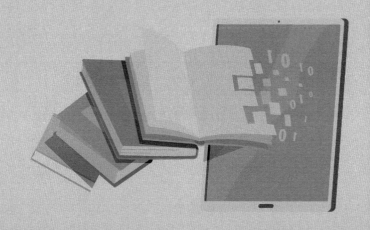

1. AI 전자책 쓰기

AI를 활용한 전자책 쓰기 강의가 활발하게 진행되고 있다. 마치 판도라의 상자가 열린 것처럼 신세계가 열린 듯하다. 너도나도 챗봇을 활용한 전자책 쓰기에 관해서 관심이 있다. 분명 신세계가 열린 건 사실이다.

챗GPT를 활용해서 자료를 찾을 수도 있고 정보를 얻어서 책 쓰기가 훨씬 수월해진 부분은 맞다. 하지만 챗GPT가 알려주는 정보가 정확한지는 팩트 체크가 필요하다. 할루네이션(환각)을 일으켜서 잘못된 정보를 알려주는 경우도 있다.

아울러 챗GPT가 제공하는 정보의 질이 그다지 높지 않다는 점이다. 사실 구글에서 검색해 보면 알 수 있는 수준의 정보를 제공해 주는 경우를 많이 보았다. 나는 아래 나온 AI 중에서 챗GPT와 뤼튼과 아숙업을 써보았다.

AI의 종류

- ChatGPT OpenAI : 자연어 처리에 강함, 대화형 AI, 다양한 주제에 답변 가능, 채팅 고객서비스 글쓰기
- Bing Chat Microsoft : 검색 엔진 통합, 웹 기반 정보 검색 및 대화형 AI 도우미
- Claude Anthopic : 안전하고 윤리적인 AI 대화형 AI, GPT 3.5 기반 채팅 상담 정보제공
- Gemini Google : 자연어 이해 및 생성, Google 검색과 연동 검색, 정보제공, 대화
- Clova X Naver : 한국어 최적화, 다양한 네이버 서비스와 연동 한국어 대화, 정보제공
- 뤼튼 OpenAI : GPT-40 기반, 한국어 최적화, 맞춤형 대화 가능 한국어 대화, 정보제공
- Ask Up(아숙엽) Upstage : 한국어 최적화, 교육 및 학습 지원 교육, 학습 도우미
- 웍스 네이버웍스 : 직장인을 위한 생산성 도구, 일정 관리 업무 도우미 및 업무 지원

AI와 티키타카를 하면서 질문하며 대답 놀이를 하면 재미있다는 생각을 해보았다. 확실한 건 내가 질문을 정교하게 하는지에 따라서 대답의 퀄리티도 높아진다는 사실이다. 한 가지 질문을 심화해서 나아가면 양질의 정보를 제공한다. 아울러 역할 놀이를 잘해야 한다. 일종의 가스라이팅을 해서 '이제부터 너는 책 쓰기 전문가야' 라면서 최면을 걸어주고 시작해야 한다. AI에 질문하는 걸 프롬프

트라고 한다. 프롬프트를 잘 짜야 한다. 그럼 프롬프트 작성하는 법에 대해서 알아보자.

이는 일종의 명령이다. 명령(Task)은 명령어를 반드시 포함한다.

- 서술어로 명료하게 기술 : 예- ~작성해 줘
- 맥락(Context) : 어떤 상황 배경에 처해 있는지?
- 의도와 목표는 무엇인지?
- 우려되는 점은 무엇인지?
- 페르소나(Persona) : 해당 문제를 가장 잘 해결할 수 있는 사람/역할/직무로 Role Play
- 구체적인 전문가 명칭, 전문용어를 포함
- 예시(Example) 인터넷 링크 URL
- 파일(PDF, EXCEL, TXT)
- 프롬프트 내 텍스트 입력
- 포맷(Format) : 결과물의 형식이나 분량을 구체적으로 지칭, 표 형식(칼럼 지정)
- 마크다운 형식 결과물의 내용 구성이나 아웃라인을 제공
- 어조(Tone) : 해당 문제를 가장 잘 해결할 수 있는 사람/역할/직무로 Role Play 구체적인 전문가 명칭, 전문용어를 포함
- 문제해결 : 지금 내가 고민하고 해결하고 싶은 문제는?
- 내가 잘할 수 있는 것은? (강점)
- 내가 이 시대를 살아가는 사람들에게 줄 수 있는 도움은? (가치)
- 그동안 못해본 건데 앞으로 꼭 해보고 싶은 것은? (욕망)

AI를 잘 사용하는 방법

여러 개의 AI를 활용하려면 결과물을 서로 비교해 보고 나에게 적합한 정보를 사용한다.

맥락+결과물+참고+예제를 활용한 질문
양자역학에 대해서 알려줘, VS 아래 사항을 고려해서 #Topic에 대해서 대답해 줘 등의 질문

주제 : 양자역학의 기초
콘텐츠 목표 : 블로그 작성(PR, 보고서, 논문)
대상 청중 : 초등학생
결과물 길이 : 2,000단어
포맷 : markdown
한국어로 대답해 줘
영어로 질문하고 영어 답변을 번역하기
확장 프로그램 사용하기(aiprm은 문서자료 이용에 도움이 됨)
보이스로 활용하기

AI를 활용해서 정보를 얻기 위해서는 전략적으로 접근해야 한다. 일단 자주 챗GPT를 이용할 것을 권해드린다. 이제 챗GPT를 통해서 검색한다는 느낌으로 한쪽 창에 열어놓자. 경제적인 여유가 된다면 유료 버전을 쓰는 걸 추천해 드린다.

아무래도 서버적으로도 속도가 빠르고 이용 횟수에도 제한이 없

다. 다른 데 아끼고 여기에 투자했으면 한다. 챗GPT를 활용해서 전자책을 쓰게 되면 똑똑한 비서 한 명을 곁에 두고 작업하는 느낌을 받게 된다.

이 도구를 잘 활용하려면 그만큼 이 친구에 대해서 잘 알아야 한다. 한 번에 좋은 답변을 제공하지는 않기에 인내심을 가지고 날카롭고 정교하게 질문을 구체적으로 구성해야 할 필요가 있다. 한 가지 충고해 드리는 점은 챗GPT를 맹신하지 말고 너무 의존하지 않았으면 한다.

어디까지나 참고용이지 글은 내가 쓰는 거고 목차를 짜는 것도 작가 스스로가 해야 한다. 물론 막히는 부분에서 도움을 받을 수 있지만 ChatGPT에게 다 해달라고 하면 그건 나의 작품이 아니다. 조수한테 모든 걸 맡기면 그 작품의 작가는 ChatGPT가 될 수 있다.

그러므로 작가는 창작의 윤리성을 가지고 임해야 한다. 사실 아직 ChatGPT가 제공해 주는 정보를 저작권 없이 마음껏 갖다 쓸 수 있지만 그게 과연 옳은 일인지에 대해서 반문할 수 있다. 교회에서 예배 시간에 목사님이 AI 시대에 ChatGPT에게 설교 본문 작성을 맡기면 기막히게 잘 써준다고 한다.

과연 그 설교문을 가지고 설교하는 게 올바른 예배가 될 수 있냐고 말씀하신 기억이 난다. 책 쓰기도 그와 같지 않을까 싶다. AI에 도움을 받을 수 있지만 전적으로 의지하지는 않았으면 한다. 글은 내가 쓰는 거고 그러면서 실력도 향상될 수 있다.

우리의 글쓰기 즐거움과 이로움을 AI에 빼앗기지 않았으면 한다.

일부 강의에서 챗GPT에 대해서 너무 과장된 내용이 강연되는 모습도 지양할 부분이라고 생각한다. 물론 좋은 문명의 이기가 탄생한 건 사실이다. 이를 만든 인간들이 지혜롭게 잘 활용해야 한다고 정리할 수 있겠다.

챗GPT를 통해서 전자책 쓰기 작업이 한층 수월해졌으면 한다. 나는 많은 이들이 나의 이름으로 된 책 한 권을 냈으면 하는 바람이다. 이 즐거움과 재미를 많은 이들이 함께했으면 한다. 많은 이들이 책 쓰기가 어렵고 힘들다는 선입견과 내가 과연 할 수 있을까, 하는 의구심으로 시작과 함께 얼마 못 가서 포기하시는 분을 많이 보았다. 일단 시작했으면 끝까지 완성하는 게 중요하다.

부족하고 아쉬움이 많은 책이라도 일단 내 보는 걸 권해드린다. 다들 책을 대중에게 내보이는 것을 많이들 어려워하시는데 많이 노출할수록 글도 좋아지고 실력도 늘게 된다. 처음 책을 내보는 이들에게 AI를 적극 이용해 보라고 말씀드리고 싶다. 아예 AI ChatGPT와 공저를 한다는 생각으로 작업을 하기를 바란다. 일단 내 책 한 권이 나오면 두 권 세 권 내면서 경험치가 쌓인다. 요즘은 표지도 AI의 도움을 받을 수 있다. 목차를 짜는 것도 막막할 때는 AI에 물어볼 수도 있다. 각자 잘 활용해서 즐거운 책 쓰기가 되었으면 한다.

2. 챗GPT와 전자책 쓰기

요즘 화젯거리 이슈로 챗GPT를 들 수 있다. 오픈 채팅방에서 줌으로 챗GPT에 대한 주제가 아닌 강의가 없을 정도로 사람들의 이목을 끌고 있다. 챗GPT는 한마디로 좋은 비서라고 생각하면 된다. 이 비서를 잘 길들이려면 좋은 질문을 해야 한다.

<u>프롬프트, 즉 질문 명령어를 통해서 내가 얻고자 하는 대답을 유도하기 위해서 나의 질문을 더욱 정교화시켜야 한다.</u> 내 질문에 따라서 유용하고 괜찮은 정보를 내놓을 때도 있고 헛소리할 때도 있다.

가령 내가 독서법에 대해서 전자책을 쓰고 싶은데 목차를 써달라고 하면 괜찮은 목차를 내줄 수도 있다.

사실 이 전자책을 쓰면서도 처음 목차를 짤 때 챗GPT의 도움을 받고 참고해서 구상했다. 챗GPT가 제공하는 자료를 맹신하지 않았으면 한다. 그저 참고할 뿐 절대적인 자료가 아니라는 점을 알았으면 한다. 구글에서 내가 검색하는 내용보다 못할 수도 있다는 점도 알았으면 한다. 글은 내가 쓰는 거다.

챗GPT는 그저 하나의 도우미에 불과하다. 아무리 인공지능의 기술이 발달한다고 해도 아직은 사람의 감성과 창의성을 따라잡기에는 시기상조라는 생각을 가지게 된다. 많은 챗GPT 관련 책이 우후죽순처럼 나오고 있다. 아직은 조금 더 지켜보아야 할 때라고 생각한다.

챗GPT가 우리의 지식산업에 어떠한 존재로 자리매김하게 될지에 대해서는 시간이 좀 더 흘러야 한다. 우리의 콘텐츠 만드는 데 드는 공부 시간과 아이디어를 생성하는 노력은 계속되어야 한다고 본다.

인간을 대체할 문명의 이기는 아마 나오기 힘들 거라는 생각이 든다. 어차피 그 기계를 움직이는 원동력도 인간에 의해서다. 우리의 삶이 과학화되고 인공지능 기술이 우리의 자리를 넘볼수록 인문학의 중요성은 더욱 강조될 것이다. 인문학으로 돌아가라는 운동이 있었던 것처럼 인간의 본연에 관한 연구가 중요할 것으로 생각한다.

챗GPT 출현을 위기로 여길지 기회로 받아들일지는 개개인에게 달려 있다고 본다. 많은 이들이 챗GPT로 인해서 일자리가 감소하고 인간의 일자리를 대체할 것으로 전망한다. 하지만 이를 또 하나의 기회라고 받아들이는 모습도 필요하다. 만화가 이현세 씨는 자신의 사후에도 작품을 내놓을 수 있도록 세종대와 협력해서 AI에 자신의 화풍을 가르치고 학습시키고 있다고 한다. 이를 통해서 AI를 자신의 문하생으로 키우고 있다. 이처럼 챗GPT를 활용해서 자신의 창작활동에 활력을 불러일으키는 것도 좋을 듯싶다. 필자도 책을 쓰는 주제를 정하고 목차를 짤 때 챗GPT의 도움을 받고는 한다. 하지만 이는 어디까지나 참고일 뿐이다. 절대적으로 의존해서는 안 된다. 우리의 창작의 기쁨을 챗GPT에 줄 수는 없다. AI를 이용한 동화책 제작도 활발히 이루어지고 있다. 미드저니라는 프로그램을 활용해서 동화책을 선보이는 작가도 늘고 있다. 이처럼 AI 기술을 도입해서 우리의 창작활동에 활력소를 불러일으키는 일이 많았으면 한다.

3. 책 읽기와 친해지기

쓰려고 읽는다는 책을 읽었다. 많은 부분에서 공감했다. 어쩌면 우리의 읽기는 쓰기를 전제로 하는 활동이라는 생각이 들었다. 글쓰기의 최종 목적은 책이라고 여겨진다. 여러 권의 책을 쓰기까지 독서라는 활동이 뒷받침되었다. 많은 책을 읽게 되면 언젠가는 내가 가진 지식을 쏟아내고 싶다는 생각을 가지게 된다. 독서할 때는 무조건 책을 많이 읽는다고 해서 인생에 도움이 되는 것은 아니다. 우리 삶에 적용되고 열매를 맺을 수 있는 의미 있는 책 읽기가 되어야 한다.

독서에는 수평 독서법과 수직 독서법이 있다. 수평 독서법은 관심 분야, 업무 분야에 대해 좀 더 폭넓게 알고 싶을 때 하는 독서법이다. 수평 독서법을 실천하면 관심 주제의 폭을 넓혀갈 수 있다. 수직 독서법은 관심 분야와 업무 분야에 대해 좀 더 깊이 있게 알 수 있도록 도와준다. 한 주제의 책을 20권에서 최대 50권까지 읽게 된다. 한 분야의 전문가가 되고자 한다면 수평 독서법과 함께 수직 독서법을 실천해 보기를 바란다.

필자는 이 독서법을 병행하면서 자기 계발을 하고 있다. 지금도 일주일에 5권 정도의 책을 읽고 있다. 물론 권수를 많이 읽는다고 도움이 되지는 않는다. 많은 양의 책을 읽는 것보다 한 권이라도 제대로 읽고 나에게 남는 책을 읽어야 도움이 된다. 양질 전환의 법칙이 있다. 절대적인 양을 늘리게 되면 질은 자연적으로 따라오게 되어 있다. 초보 독서가에게는 일정 기간의 다독을 통한 독서 기초체력을 기르는 트레이닝 기간이 필요하다. 이를 바탕으로 자신에게 맞는 분야의 책들을 읽고 글을 쓰는 훈련을 하기를 바란다. 글쓰기 활동에서 제일 접근하기 쉬운 게 서평 쓰기다. 필자도 일 년에 200편 정도의 서평을 블로그에 올리면서 글쓰기 훈련을 한 경험이 있다. 그런 활동의 경험이 오늘날 책 쓰기의 필력을 가져다주었다고 본다. 거듭 말하지만, 책 쓰기에서의 기본은 독서라고 할 수 있다. 많은 양의 독서를 바탕으로 한 글쓰기의 원천 재료들을 가지고 있어야 요리를 할 수 있다. 많은 작가가 독서를 통한 글에 대한 기본적인 소양을 가졌으면 한다.

4. 책 쓰기 스터디 그룹의 이점

전자책을 쓰려면 처음에는 막막할 것이다. 어떻게 할지 그저 막연할 수 있다. 요즘에는 오픈 채팅방에서 무료 특강을 많이들 해준다. 전자책 쓰기 관련 주제의 강의도 우후죽순 열린다. 일단 실력 있는 강사의 강의를 듣기를 바란다.

적어도 전자책 5권 이상 내본 경험이 있는 분의 강의를 들으실 것을 추천해 드린다. 아울러 코칭을 통한 제자를 양성해서 성과가 있는지도 점검해 볼 필요가 있다. 내가 전자책을 쓰는 것과 남을 쓰게 만드는 건 다른 차원의 일이기 때문이다.

사실 독학으로 할 수도 있다. 하지만 시간이 오래 걸린다. 그만큼의 시행착오를 겪게 된다. 전자책 코칭 과정을 통해서 한번 체계적으로 배우는 것도 좋다고 생각한다. 비용을 들여서 좋은 책을 만들면 투자한 만큼 얻을 수 있어서다. 나는 독학으로 전자책을 배운 케이스다. 얼마 전에 스터디 모임을 들었다.

처음으로 내 돈 내고 유료 과정을 들었다. '작가와'라는 플랫폼에서 진행한 베셀 모임이다. 나름 재미있었다. 줌으로 5주 동안 강의를 들으면서 숙제를 했다. 보증금도 있는 챌린지 방식의 모임이었다. 다행히 숙제를 다 하고 책을 내서 보증금을 전부 돌려받을 수 있었다. 아쉽게도 그 수업에서 출간됐던 책이 베스트셀러가 되지는 않았다.

많은 과제를 남긴 수업이었다. 목차를 작성하고 비문을 내지 말아야 한다는 점은 다시금 공부할 영역이라고 생각한다. 하지만 그 수업을 통해서 많이 성장하고 발전할 수 있었다. 같은 목적으로 모인 이들과의 교류를 통해서도 정보를 얻을 수 있었다. 사실 나에게 표지 만들기는 가장 어려운 과제였다.

나는 글을 쓰는 작가이지 디자이너가 아니기 때문이다. 전자책을 만들면서 한 권의 책을 만드는 모든 과정을 경험할 수 있어서 좋지만 나름 아마추어여서 전문성이 다소 떨어질 수도 있다. 표지 디자인과 내지 디자인에 대한 아쉬움이 늘 있었는데 스터디 그룹을 하면서 나름 정보와 노하우를 얻을 수 있었다.

우물 안 개구리가 아닌, 확 트인 시야를 가지게 되었다는 생각이 든다. 이 책을 읽고 전자책 쓰기에 도전하는 이들에게도 한 번쯤은 유료 과정을 들어보라고 권하고 싶다. 물론 수동적으로 내가 강의를 듣는다는 입장에서 벗어나서 적극적으로 강의에 참여하고 질문도 많이 하면서 강의를 내가 이끈다는 생각으로 참여할 것을 추천해 드린다.

한 권의 책을 쓴다는 건 정말 멋지고 즐거운 일이다. 작가라는 칭호를 얻는다는 건 감사한 일이다. 그동안 남의 책만 읽던 이에서 내가 쓴 책을 독자에게 선보일 수 있기에 커다란 신분 상승효과를 가져올 수 있다. 전자책이라는 하나의 결과물을 내면서 그 과정에서 새로운 체험을 하게 될 것이다.

내가 쓴 책을 통해서 많은 이들이 정보를 얻고 도움을 받는다고 생각하면 뿌듯하다. 내 책이 지역 도서관에서 검색되는 모습을 보면서 이 책을 읽은 많은 학생이 글쓰기의 어려움과 막연함에서 벗어나서 마치 어린아이가 놀이터에서 놀 듯 글쓰기가 즐거운 활동이기를 바라면서 책을 내게 되었다.

지금 이 책을 쓰면서도 전자책 쓰기가 독자에게 도움이 되기를 바라는 심정으로 자판을 두들기고 있다. 이런 나의 마음이 전달되기를 진심으로 바란다. 어찌 보면 이런 작가의 마인드와 멘탈이 더 중요하다고 생각한다.

책 쓰기의 기술은 유튜브와 인터넷에 보면 웬만한 정보는 다 나와 있다. 이보다는 작가의 철학과 관념이 올바르게 서 있어야 한다. 책 쓰기 아카데미도 어찌 보면 하나의 시장이다. 수요가 있기에 공급이 있다. 자본주의 사회에서 수강료를 내고 책 쓰기라는 기술을 배워서 내 비즈니스와 자기 계발에 투자한다는 건 바람직한 활동이다. 하지만 일부 상업적인 책 쓰기 아카데미는 책을 쓰면 돈을 벌 수 있다는 비본질적인 부분을 부각해서 수강생을 모으는 현실이 안타깝다.

베스트셀러가 되면 벤츠를 탈 수 있다는 허황된 꿈을 제시하면서 예비 저자를 현혹하고 있기도 하다. 이를 잘 선별해서 선택할 수 있기를 바란다.

책을 써서 수억대 돈을 버는 이들은 극히 일부다. 확률적으로 극소수인데 물론 그게 나일 수도 있다. 하지만 현실을 보기를 바란다. 책 안 읽기로 유명한 나라에서 내가 책 한 권 냈다고 전 국민이 다 사줄 거라는 건 허황된 욕심이다.

현실을 직시하는 작가가 되었으면 한다. 물론 정말 기획을 잘하고 때를 잘 맞추고 상황이 잘 전개돼서 내 책이 대박을 칠 수도 있다. 그러할지라도 베스트셀러는 하늘이 내려주는 선물이라 생각하며 마음을 비운 채 작가 본연의 자세로 책 쓰기에 몰두했으면 한다. 작가는 사회 이슈에 자신의 견해를 가질 수 있고 나만의 목소리를 낼 수 있어야 한다. 그만큼 준비된 이들이어야 한다. 독자는 바보가 아니다. 얕은 지식과 정보로 호도할 수 없다. 폭넓은 지식과 깊이 있는 내용으로 다가가야 한다. 그게 작가가 가져야 할 자세와 숙명이라는 걸 명심했으면 한다.

5. 전자책을 낸 그동안의 필자 경험

지금껏 전자책을 19권을 출간했다. 아직 쓸 주제가 많아서 계속 쓸 것 같다는 생각이 든다.

책을 한 권 두 권 내면서 점점 내 글에 대한 자신감과 필력이 생긴다. 아울러 그동안의 경험과 노하우가 생기기에 출간에 걸리는 시간이 단축되고 있다. 책의 완성도가 점점 높아지고 있다는 걸 눈으로 보게 된다. 이제 어느덧 작가의 시선이 생기게 된다. 그동안 소비하고 남의 글만 읽던 독자에서 내 글을 쓰는 작가로서의 포지션을 느낀다. 그러므로 책을 내는 활동에 대해서 한없는 책임감과 부담감을 가지게 되는 것도 사실이다. 내 글에 대해서 작가는 책임을 질 수 있어야 한다. 독자에게 메시지를 전달하면서 좀 더 정확하고 올바른 정보를 전하기 위해서 부단히 노력해야 한다. 끊임없는 연구와 공부가 선행되어야 한다. 매주 서점에 가서 출판시장의 흐름과 트렌드를 읽을 수 있는 안목과 통찰력을 길러야 한다. 작가는 타고나는 게 아닌, 만들어진다고 볼 수 있다. 글도 많이 쓰고 고치다 보면 필력도 늘고 좋아지게 된다. 나만의 책을 내는 기쁨과 즐거움을 다들 만끽했으면 한다. 많은 분이 주저하고 망설이고 있는데 그럴 시간에 시작하면 된다. 전자책은 출판사의 선택을 받아야 한다는 부담감이 없기에 마음만 먹으면 누구나 쓸 수 있다. 진입장벽이 없다는 장점이자 단점이 존재한다.

그만큼 원고의 퀄리티를 장담할 수 없다. 기획에서 편집까지 모든 부분을 저자 혼자서 해야 하므로 아무래도 출판사에서 전문 편집자의 손을 거친 원고보다는 수준이 낮을 수밖에 없다. 이런 부분은 독자들 선택에 달려 있다고 본다. 냉혹한 출판시장의 경쟁에서 살아남는 책은 독자에게 사랑받는 책인지에 달려 있다고 본다.

표지 제작도 전문 디자이너가 하는 것과는 많은 차이가 난다. 저자 입장에서는 출간의 A-Z까지를 몸소 체험해 본다는 경험치가 있다. 아무래도 많은 내공을 쌓다 보면 책 제작에 관심을 가질 수밖에 없다. 그래서 독립 출판과 1인 출판사를 차리시는 분도 주변에서 많이 봤다. 자신의 이름으로 된 출판사에서 책을 내면 아무래도 플랫폼에서 수수료를 떼어가는 부담을 줄일 수 있다.

책 제작에 대해서 좀 더 알 수 있는 장점이 있다. 내 견해는 작가는 글을 쓰고 제작은 전문제작자가 하는 게 맞다고 본다. 둘 사이의 장벽이 허물어지는 것도 좋은 현상이기는 하지만 그만큼 작가가 글을 쓰는 데 집중할 시간을 허비할 수도 있다는 측면도 있다.

첫 독서법 전자책 3권의 탄생 배경을 보면 에피소드가 있다. 원래 이 책은 종이책 한 권 분량의 원고였다. 투고를 하고 몇 군데 출판사에서 계약하자는 오퍼를 받기는 했다. 하지만 조건이 나랑 맞지 않았다. 출판사에서는 반기획 출판을 제의했다. 책 몇 권을 사주기를 바랐다.

나는 그런 조건에는 계약할 수 없다고 좀 더 밀고 당기기를 했다. 그러다 계약이 물 건너갔다. 원고를 보면서 아쉬운 마음에 썩히기도 아까워서 그럼 전자책으로 출간하기로 마음먹고 목차와 순서를 다시금 전면 수정해서 3권의 분량으로 쪼개서 제작했다.

훗날 전자책 전문기획자에게 이 경험을 나누니 많이들 하는 기술이라고 했다. 그래서 우여곡절 끝에 나의 첫 전자책 3총사가 탄생했다. 유페이퍼에서 입점했다. ISBN 등록으로 1,000원의 수수료를 받았고 인터넷 서점에 입점하는 데 시간이 오래 걸렸다. 한 차례 수정 요청도 받았다. 요즘 새롭게 생긴 '작가와'라는 플랫폼이 있는데 추천해 드린다. ISBN 발급 수수료도 무료이고 출간까지의 시간이 짧다. 그다지 수정 요청도 하지 않는다. 작가와의 철학은 작가의 원고를 그대로 출간하자는 게 자신들의 철학이라고 한다. 다만 아직 사이트가 출범 초기라서 그런지 다소 불안정하다는 단점이 있다. 자신들은 2~3년을 바라보고 있다고 플랫폼 대표는 말한다. 첫 에세이 《나의 군대 이야기》를 내면서 피드백을 주니 고마워했다.

작가와는 작가들을 위한 모임과 교육도 진행하고 있다. 신생 사이트지만 작가들에게 표지와 판권지 샘플도 제공하고 있다. 공동 저자 모임도 있다. 한 달에 한 번씩 주제를 정해서 글을 쓰고 이를 바탕으로 책을 내고 있다. 나도 두 권의 공저를 낸 경험이 있다. 전자책에서의 공저는 분량이 적기에 정말 처음 책을 내시는 왕초보라면 내 이름으로 책이 나왔다는 기쁨과 경험을 누려보시기를 강력하게 추천해 드린다.

나름 후발 주자로서 작가들의 마음을 사기 위해서 좋은 서비스를 제공하고 있다. 향후 전자책은 작가와에서 출간하고 있다. 이번에 나온 재테크 전자책도 작가와에서 출간했다. 신청 후 이틀 만에 인터넷 서점에 유통된다. 아직은 유페이퍼로 전자책을 출간하는 분이 많다. 오랫동안 서비스를 했기에 단골 고객이 많다. 사이트가 다소 느리다는 단점이 있다. 나름 두 플랫폼에서 한 번씩 출간해 보고 비교 분석해 보는 것도 추천해 드린다.

전자책에서의 표지 디자인에 대해서 말씀드리겠다. 표지는 정말 디자이너의 세계다. 이걸 하루아침에 마스터한다는 건 불가능하다. 다만 우리는 아마추어지만 프로의 세계를 지향하면서 최선의 노력을 다할 뿐이다. 기막힌 표지를 원한다면 외주를 주어서 전문 디자이너에게 맡기기를 추천해 드린다.

아무래도 책은 표지와 제목에서 독자들에게 호감을 주어야 한다. 포장지가 중요하다는 말씀을 드리고 싶다. 보기 좋은 떡이 먹기도 좋다고 한다. 내용도 중요하지만, 대중이 책을 처음 봤을 때 보게 되는 부분이 표지다. 여기서 반은 먹고 들어가야 한다. 우리가 흔히 서점에 가서 책을 고를 때도 호감이 가는 책을 고르게 되는 것과 같은 이치다.

책 쓰기에서 목차의 중요성은 아무리 강조해도 지나치지 않다. 책 쓰기의 8할은 기획과 목차라는 말이 있다. 독자에게 먹힐 만한 콘셉트와 주제를 통해서 책의 목차가 일목요연하면 독자들은 책에 호기심을 가지고 읽고 싶다는 마음이 든다. 그런 목차를 짤 수 있어야 한다.

책의 목차는 관련 주제의 기존에 나온 목차를 많이 참고하길 바란다. 어떤 분은 목차 짜기 연습을 위해 목차를 필사하는 분도 보았다. 아무튼 이런 노력의 결과가 한 권의 멋진 책으로 완성될 수 있다. 목차는 서로 유기적으로 조직되어야 한다. 피를 나눈 형제처럼 서로 연결되어야 한다. 물 흐르듯 가야 한다. 초보 작가가 하는 실수 중 하나는 목차가 엉성하고 들쭉날쭉하다.

이를 극복하려면 많은 책의 목차를 참조하면서 목차 작성 연습을 많이 해봐야 한다. 처음부터 쉬운 건 없다. 계속해 보면 답이 나올 수 있다. 전자책에서의 본문 작성은 한 꼭지별로 중심 주제문을 두괄식으로 제시하고 이에 대해서 내 생각과 메시지를 쓴다.

그와 더불어서 나의 의견을 뒷받침할 수 있는 사례를 제시하면 완성된다. 참고 자료를 통해서 공신력을 부여할 수 있어야 한다. 전자책은 분량이 작으므로 한 꼭지에 두 페이지씩 20일 정도 작성하면 한 권 분량이 완성될 수 있다.

그만큼 흐름과 호흡이 짧다. 종이책에서 형식과 폼을 맞추어서 낸다면 전자책은 거두절미하고 본론으로 바로 들어가면 된다.

요즘 오픈 채팅방에서의 수익화를 위해서 소책자 나눔이 활성화되고 있다. 그래서 소책자와 전자책을 헷갈려 하는 분이 있다. 전자책은 ISBN을 받고 인터넷 서점에서 유통되는 걸 전자책이라고 지칭한다. 크몽 탈잉 등 재능기부 사이트에서 유통되는 PDF 파일은 전자책이 아니다. ISBN으로 등록된 전자책을 재능 사이트에 유통하도록 할 수는 없다. 그러려면 대폭 수정작업을 통해서 내용과 주제를 다 바꿔야 한다.

전자책으로 낼 때 한 가지 주의해야 할 점은 상업 글꼴을 사용해서는 안 된다. 무료 나눔 글꼴을 통해서 책을 만들어야 한다. 네이버 무료 글꼴이나 눈누를 통해서 제공받을 수 있다.

나의 전자책이 ISBN이 등록된 책으로 나오면 네이버 인물 등록에 작가로서 등록할 수 있다. 이를 통해서 나를 사람들에게 알릴 수 있다. 퍼스널 브랜딩하기에 좋다. 내 책이 나오면 서평단을 운영하거나 저자 특강을 통해서 홍보할 수 있다. 개인 SNS 계정에서 내 책의 출간 소식을 사람들에게 알려야 한다.

귀한 나의 자식 같은 전자책의 탄생을 만방에 알려야 한다. 전자책에서의 공저는 그다지 추천해 드리고 싶지 않다. 종이책 공저도 그저 작가라는 명함을 받기 위한 수단으로 많이 이뤄지고 있다.

분량이 작은 전자책 공저는 그저 연습으로 한 번 제작 과정을 맛보았다는 데 의의를 두었으면 한다. 전자책이든 종이책이든 나의 이름으로 된 책이 나온다는 건 뿌듯하고 기분 좋은 일이다.

내 책에 대해서 너무 많은 책임감과 부담을 느끼지 않았으면 한다. 책은 그저 책일 뿐이다. 나 자신이 아니다. 내 책으로 인해서 사람들의 칭찬을 받을 수도 있고 때로는 질책 어린 충고도 받을 수 있다. 모든 게 다 나의 성장과 발전의 밑거름으로 삼을 수 있기를 바란다.

혹자는 함부로 책을 내지 말라고 조언하는 분도 있다. 책은 인쇄되어 나오면 돌이킬 수 없다고 말이다. 나무한테 미안한 일을 하지 말라고 한다. 책 쓰기의 신중한 자세를 중요시하는 분들이다.

작가의 대중화는 바람직한 현상이다. 다만 그로 인해서 출간물의 질적인 하락을 우려하게 된다. 마음만 먹으면 작가로 데뷔할 수 있는 좋은 시대다. 작가와 독자의 경계선이 사라지고 있다. 많은 이들이 작가로서 나만의 책을 내었으면 한다.

책을 내면 좋은 점이 일단 자신을 성장시킬 수 있다. 내가 알고 있던 기존 정보를 한번 정리하고 체계화할 수 있는 시간을 가지게 된다.

책을 쓰면 많은 공부가 된다. 한 권의 책을 내기 위해서 100권 정도의 책을 읽고 연구해야 한다고 말한다. 여기에 더해서 나만의 경험과 사례가 더해지면 독창적인 책이 나올 수 있다. 책을 내는 걸 소수의 특별한 이들만의 전유물이라고 생각하시 말았으면 한다. 나도 작가이고 출간 강연회를 할 수 있다.

한때 서점에 가면서 내 책이 전시되었으면 하는 상상을 한 기억이 난다. 책 읽기를 좋아하던 나에게 "이 넓은 서점에 왜 내 책은 없을까?"라는 안타까움을 가지고 집으로 돌아오던 발걸음 속에서 결심했다. "그래, 내 책을 써보자!" 그래서 여기까지 오게 되었다.

많은 이들이 책 쓰기 코칭을 받고 비싼 돈을 지불하면서 한 권의 결과물을 얻기까지 부단한 노력을 하는 광경을 지켜보았다. 나는 거북이처럼 한 걸음 한 걸음 발을 떼었다. 혹자는 돈을 주고 시간을 절약하라고 조언하기도 했다. 나는 나의 주관과 철학을 가지고 책을 썼다.

수많은 시행착오와 실패를 경험했다. 하지만 이를 통해서 나날이 좋아지고 있다. 명작이 태어나기까지는 수많은 인내와 인고의 시간을 거쳐서 탄생한다. 소설《바람과 함께 사라지다》의 저자 마거릿 미첼, 미국 최고의 이야기꾼으로 불렸던 그녀 역시 끈질긴 노력과 도전을 시도하지 않았다면 책을 펴낼 수 없었을 것이다. 우리는 그녀의 소설을 자칫 만나지 못했을지도 모른다. 처음에 작가가 무명이라는 이유로 어떤 출판사도 1,037페이지 분량의 이 작품을 출판하려고 하지 않았으니 말이다.

그녀는 3년 동안 원고 뭉치를 들고 이 출판사, 저 출판사를 전전했다고 한다. 어느 날 애틀랜타의 지방신문에 뉴욕 맥밀런 출판사 사장 레이슨이 애틀랜타에 왔다가 기차를 타고 돌아간다는 단신을 보고 그녀는 곧장 기차역으로 달려가서 자신의 원고를 전달했다.

"제가 쓴 소설입니다. 한 번만 읽어주세요.""관심 있으시면 연락 주세요!" 레이슨은 귀찮은 나머지 그녀의 원고를 가방에 집어넣었다. 레이슨에게 이윽고 전보가 왔다. "레이슨 사장님, 원고 읽어보셨어요? 아직 안 읽으셨다면 첫 페이지라도 읽어주세요." 전보를 받은 레이슨은 조금 놀랐지만 역시 읽지 않았다. 세 번째 전보가 전달되었을 때 그제야 그는 원고에 관심을 가지고 읽게 되었다. 레이슨은 원고에서 눈을 떼지 못하고 이야기 속으로 빠져들었다. 그렇게 불후의 명작《바람과 함께 사라지다》가 세상에 나올 수 있었다.

위 일화를 통해서 많은 예비작가가 마거릿 미첼의 간절함과 절실함을 본받았으면 한다. 대문호의 작가도 탄생 이면에는 무명 시절의 서러움과 아픔의 시절이 있다. 다들 눈물 젖은 빵을 먹으면서 인고의 시간을 거쳐서 유명 작가의 위치에 오르게 된다.

다들 노력과 분투의 이면을 보지 못한 채 성공한 단면만을 추구하는 듯하다. 자신만의 시간표에 맞는 준비의 시간을 거치기를 바란다. 전자책은 투고에서 거절의 아픔을 겪지는 않는다. 하지만 그 자리에 머물지 말기를 바란다.

종이책 작가로서 적극 도전하기를 바란다. 한때 필자는 책을 냈다고 지인들에게 말했다. "무슨 책인데 한번 가져와 봐!" 그래서 전자책이라고 했더니, "전자책도 책이니?"라는 비하적인 발언을 들었다. 적잖은 상처와 아픔의 시간을 가졌다.

마치 반쪽짜리 작가라는 생각이 들었다. 그래서 이를 갈고 종이책을 써서 온전한 작가의 반열에 오르겠다는 결심을 했다. 이 글을 읽는 여러분에게도 전자책 작가로서 머물지 말기를 바란다. 종이책도 도전해서 자신의 외연을 넓히기를 바란다.

흔히들 베스트셀러 작가는 하늘이 정해준다고 한다. 그만큼 되기가 어렵다는 말이다. 시간도 맞아야 하고 작가가 전하는 메시지가 대중의 흥미와 욕구를 충족시켜야 한다. 교집합이 이뤄져야 한다. 처음부터 베스트셀러 작가를 꿈꾸지 말고 그냥 나의 얘기를 독자들에게 전한다는 생각으로 한 권 두 권 내기를 바란다.

성공적 대충주의라는 말이 있다. 잘 쓰려고 하지 말자. 나의 능력에 맞게끔 쓰자. 솔직하고 담백하게 내가 가진 그대로를 보이자. 부풀리려고 하지도 말자. 언젠가 독자들은 알게 되고 대중은 반응하게 된다.

세상은 당신의 이야기를 기다리고 있다. 독자와의 대화를 통해서 나의 메시지를 전달하는 메신저로서의 삶을 살기를 바란다. 누군가 나의 이야기에 귀 기울이고 있다. 이제 남의 책만 읽지 말고 내 책을 써보자. 이제 당신 차례다. 이 글을 읽으면서 전자책을 써보고 싶다는 마음이 들었으면 한다. 더 많은 궁금증과 소통은 저자의 블로그와 오픈 채팅방에서 이루어졌으면 한다. 부디 여러분의 전자책을 내셔서 1인 기업가로서 퍼스널 브랜딩에 성공하는 여러분이 되었으면 한다.

제4장

성공적인 전자책
출판 단계

1. 타깃 독자와 콘셉트 설정

목표물이 있어야 화살이 과녁에 명중할 수 있다. 그러므로 우리의 타깃은 뾰족해야 한다. 날카로운 타깃을 정해야 먹힐 수가 있다. 고기를 잡을 때 어부가 그물을 촘촘하게 만들어서 많이 잡을 수 있다. 이와 마찬가지로 내 책의 독자를 한 명만 선정하자.

1인 기업 사장님을 위한 독서법처럼 내 책의 독자를 구체적으로 명확하게 선정해야 책을 쓸 때 이에 맞게 원고를 작성할 수 있다. 타깃 독자에 대한 분석이 선행되어야 효과적인 원고작업이 진행될 수 있다.

적을 알고 나를 알아야 백전백승이 될 수 있다. 독자가 지금 어떤 문제를 가지고 있고 지금 해결책을 저자가 제시할 수 있는지에 관해서 솔루션을 손에 쥐여줄 수 있어야 한다. 특히 전자책은 매뉴얼 북이자 해결책을 담는 것이 중요하다.

책의 3요소는 흔히 WHAT, WHY, HOW로 구성되어 있다. 전자책은 바로 HOW로 들어갈 수 있다. 방법을 제시할 수 있어야 한다. 이를 위해서 내 책의 대상 독자가 지금 겪고 있는 어려움과 문제점을 파악할 수 있어야 한다. 그에 맞게 맞춤형으로 솔루션을 제시할 수 있어야 한다.

지금 내가 쓰고 있는 전자책 쓰기 바이블은 처음 전자책을 쓰려는 이들의 막막함과 어려움을 덜어주기 위해서 쓰고 있다. 이렇든 내 책의 타깃 설정을 분명하고 명확하게 해야 한다. 책을 쓸 때 페르소나(Persona)를 설정하는 것은 독자를 명확히 이해하고 그들에게 맞춘 콘텐츠를 제작하는 데 매우 중요하다.

페르소나는 특정 독자 군을 대표하는 가상의 인물로, 이 인물을 통해 독자들의 필요와 기대를 구체화할 수 있다. 페르소나를 설정할 때는 몇 가지 고려해야 한다.

우선 독자의 연령대에 따라 관심사와 이해 수준이 다르다. 청소년을 대상으로 한 책은 언어와 내용이 성인용 책과 다를 것이다. 성별에 따라 선호하는 주제나 접근 방식이 달라질 수 있다.

독자의 취미나 관심사에 따라서도 그에 따른 책의 정보를 담아야 한다. 독자들이 책을 통해서 얻고자 하는 것이 무엇인지를 이해해야 한다. 오늘날 현대인들은 자기 성장과 발전을 위해 자기 계발서를 읽는다.

보통 책을 통해서 경제적 이익이나 재미 정보를 얻고자 한다. 이런 독자들의 필요를 충족시켜 줄 수 있어야 한다. 다시 한번 말하지만, 타깃 독자는 뾰족하고 날카로워야 한다. 쉽게 말해서 한 명의 특정한 독자를 만족시키면 다수의 대중에게도 어필할 수 있는 책이 된다. 예를 들면 전자책 쓰기 바이블 책의 페르소나를 가정하면 이름은 [김민수, 나이는 35세, 성별은 남성, 직업 IT 회사의 개발자, 소득 연봉 5천만 원, 관심사 최신기술, 자기 계발, 피트니스, 독서 습관: 매일 출퇴근 시간에 전자책을 읽음, 목표: 직장에서의 성장을 위해 최신 기술 트렌드를 파악하고 싶어함, 도전과제: 바쁜 일상에서 효율적으로 지식을 습득하는 방법을 찾고 있음]처럼 구체적으로 한 명을 설정하고 책의 내용과 톤을 구체적으로 조정할 수 있으며, 독자와의 연결고리를 강화할 수 있다.

페르소나는 책을 쓰는 모든 과정에서 지침 역할을 하므로 처음부터 철저하게 설정하는 것이 중요하다.

먼저 책을, 누구를 대상으로 쓸 것인지를 정해야 한다. 이를 타깃 층이라고 한다. 예를 들어 책을, 어린이를 대상으로 쓴다면, 어린이가 쉽게 이해하고 즐길 수 있는 내용이 필요하다. 반면에, 성인을 대상으로 쓴다면, 그에 맞는 내용과 어휘가 필요하다. 타깃층을 잘 분석해야 그들이 원하는 내용과 정보를 제공할 수 있다. 이를 위해서 작가는 네 가지 질문을 할 수 있다.

- 이 책의 내용은 어떤 사람들이 필요로 하나요?
- 이 책의 내용은 어떤 사람들이 관심이 있을까요?

- 이 책을 통해 어떤 문제를 해결하거나 어떤 가치를 전달할 수 있나요?
- 이 책을 읽으면 어떤 변화가 일어날까요?

위 질문에 대한 답변을 찾는 과정에서 타깃층을 정하게 되면 이들이 원하는 내용과 가치를 담는 책을 쓸 수 있다.

타깃 독자층

- **20대 여성** : 뷰티, 패션, 연애, 취업, 스타트업, 여행 등에 관심이 많은 20대 여성을 대상으로 한 책
- **중년 여성** : 자녀 양육, 건강, 재무관리, 노후 대비, 힐링 등 중년 여성이 관심 있어 하는 주제를 다룬 책
- **30대 직장인** : 취업, 직무능력 향상, 스트레스 관리, 인간관계, 창업 등 30대 직장인이 필요로 하는 정보를 제공하는 책
- **대학생** : 학습, 진로, 취업 준비, 대인관계, 복수전공 등 대학생이 살아가는 데 필요한 정보를 다룬 책
- **초등학생** : 공부, 가정교육, 놀이 등 초등학생의 삶에 관한 다양한 정보를 담은 책
- **고등학생** : 대학 진학, 공부, 친구, 가족, 청소년 건강 등 고등학생이 관심을 가지는 주제를 다룬 책
- **재수생** : 수능 대비, 학습법, 진로, 스트레스 관리, 자기 계발 등 재수생들이 필요로 하는 정보를 담은 책
- **육아 맘마** : 육아, 가정교육, 자녀 건강, 역할 분담, 가족관계 등 육아 엄마들이 관심 있어 하는 주제를 다룬 책
- **커플** : 연애, 결혼, 가족관계, 성생활, 갈등 해결 등 커플이 관심 있

어 하는 다양한 주제를 다룬 책

- **중고생** : 학습, 진로, 자기 계발, 대인관계, 청소년 건강 등 중고등
학생이 필요로 하는 정보를 담은 책

콘셉트는 책을 쓰는 데 있어서 중요한 요소다. 책은 콘셉트가 중
요하다는 말을 한다. 책의 주제와 내용을 담은 콘셉트를 정해야 한
다. 이는 책을 집필하기 전에 작성해야 하는 첫 번째 단계이다. 콘셉
트를 정하기 위해서는 다음과 같은 질문을 해보아야 한다. 콘셉트를
쉽게 말하면 다른 책과 차별화되는 이 책만의 고유한 특징을 담는 것
이다.

- 이 책이 전달하고자 하는 메시지는 무엇인가요?
- 책의 목표는 무엇인가요?
- 독자들은 이 책을 통해 무엇을 얻을 수 있을까요?
- 책의 톤은 어떤 느낌을 줄 것인가요?
- 이 책은 어떤 독자층을 대상으로 쓰일 것인가요?
- 이 책의 주요 아이디어나 메시지는 무엇인가요?
- 이 책은 어떤 방식으로 이야기가 전개될까요?
- 이 책의 구성은 어떤 방식으로 이루어질까요?
- 이 책을 읽으면 어떤 느낌을 받을까요?

콘셉트를 잘 정하는 것은 독자들이 책을 선택하는 데 중요한 역할
을 한다. 따라서 타깃층에 따라 콘셉트를 정해야 하며 독자들이 가
장 원하는 내용과 가치를 담아야 한다.

예를 들어 3040 직장인들을 위한 자기 계발이라는 주제로 콘셉트를 정하였다. 타깃이 비교적 명확하다. 30·40세대들은 소위 MZ세대로서 직장에서 자신의 위치를 지키기 위해서 노력하고 오늘도 생활 전선에서 활동하고 있다.

이들의 니즈와 욕구를 자극할 수 있는 콘셉트로 책을 써야 한다. 이를 위해서는 다음과 같은 10가지의 예시를 들 수 있다.

- 자기관리와 타인 관리 : 업무와 개인 생활의 균형을 맞추고, 주변 인간관계를 관리하며 자신의 가치를 높이는 방법을 다룬다.
- 직무능력 개발 : 자신이 담당하는 직무의 기술적인 역량을 향상하는 방법을 소개하고, 스스로 발전할 수 있는 능력을 갖추는 방법을 다룬다.
- 경영학 기초 지식 : 기본적인 경영학 이론과 개념을 소개하고, 실제 업무에서 적용 가능한 방법을 제시한다.
- 새로운 기술 습득 : 빠르게 변화하는 시대에서는 새로운 기술 습득이 필수적이다. 이를 위한 학습 방법과 기술 습득 전략을 제시한다.
- 성공한 직장인의 습관 : 성공한 직장인들이 가지고 있는 습관을 분석하고, 이를 도입하여 자신의 직장 생활에 적용할 수 있는 방법을 다룬다.
- 금융 및 재무관리 : 직장인으로서 자신의 재정 상황을 파악하고, 효율적인 재무관리를 위한 방법을 제시한다.
- 스트레스 관리 : 업무와 개인 생활에서 발생하는 스트레스를 관리하는 방법을 다루며, 스트레스를 관리하는 능력을 향상하는 방법을 제시한다.
- 비즈니스 커뮤니케이션 : 효율적인 커뮤니케이션 기술을 습득하고,

자신의 의견을 효과적으로 전달하는 방법을 다룬다.

- 창의적 사고와 문제해결 능력 : 문제를 해결하고 창의적인 아이디
  어를 발생시키는 방법과 창의적 사고 능력을 향상하는 방법을 제
  시한다.
- 직장 생활과 삶의 가치 : 직장 생활과 삶의 가치에 대해서는 어떤 것
  을 MZ세대들은 알고자 하는가에 대해서 다루어보자.

직장 생활은 하루 대부분을 차지하는 중요한 일상이다. 하지만 종
종 직장에서 업무와 개인의 가치관이 충돌하여 스트레스와 불안감
을 느끼게 된다. 따라서 직장 생활에서 개인의 가치를 존중하고 삶
의 전반적인 만족도를 높이는 것이 중요하다.

우선, 직장 생활에서 가장 중요한 것은 자신이 하는 일에 대한 의
미와 목적을 이해하는 것이다. 자기 일에 대해 책임감을 느끼고 열심
히 하는 것은 물론, 그 일이 왜 중요한지, 어떤 가치를 제공하는지를
이해하고 그것에 대해 자부심을 느끼는 것이 중요하다.

또한, 직장에서의 인간관계도 중요하다. 다른 직원들과의 대화와
교류를 통해 사회성을 기르고, 서로의 업무에 대한 이해와 협력을 통
해 효과적인 업무수행과 일상생활의 만족도를 높일 수 있다.

마지막으로, 일과 삶의 균형을 유지하는 것도 중요하다. 충분한 휴
식과 여가 시간을 가지고, 취미나 관심사에 시간을 투자하여 스트레
스를 줄이고 삶의 만족도를 높일 수 있다.

이러한 방식으로 직장 생활에서 자신의 가치를 존중하고, 일과 삶
의 균형을 유지하며, 다른 직원들과의 인간관계를 즐기는 등 삶의 다

양한 영역에서 만족도를 높일 수 있는 자기 계발을 추구하면 좀 더 행복하고 의미 있는 삶을 살아갈 수 있다.

이렇듯 책의 주제는 생활에 밀접하고 당장 써먹을 수 있어야 독자들은 책을 구매하고 싶다는 생각을 가지게 된다. 하루에도 수천 종의 책이 쏟아지는 이 시대에 내가 쓴 책이 독자에게 선택받으려면 내가 말하고 싶은 메시지가 아닌, 그들이 듣고 싶은 이야기여야 한다는 사실이다.

독자들이 궁금해하고 자신이 지닌 어려움을 극복하고 해결해 줄 수 있는 문제해결력을 찾고자 한다. 이를 통해서 비즈니스와 콘텐츠가 이루어진다.

비즈니스는 고객의 불편을 해소해 주는 데 의의가 있다. 이를 통해서 나만의 콘텐츠가 생기게 된다. 이로써 나를 독자들에게 알려서 나만의 브랜딩을 할 수 있다. 이를 바탕으로 강의를 통해서 대중을 가르칠 수 있다.

내가 알고 있는 지식의 완성체가 책이 될 수 있다. 그러므로 책은 내가 어떤 분야에서 성과를 냈거나 내 일상의 흔적에서 찾아야 한다. 내가 가지고 있는 지식과 경험 노하우를 모아서 한 권의 책을 낼 수 있다. 사람들이 관심을 보이는 주제는 보통 부와 건강 취미 등을 들 수 있다.

요즘은 초보가 왕초보를 가르쳐주는 시대라고 한다. 조금이나마 남들보다 내가 더 그 분야에 대해서 알고 있다면 나는 남을 가르칠 수 있는 위치에 있는 것이다. 이를 바탕으로 책을 쓸 수 있다. 이제부터 내가 가진 작은 지식과 노하우라도 이를 통해서 나만의 콘텐츠를 만들어 보자. 그 속에 비즈니스가 있다.

2. 모델북 선정과 경쟁 도서 분석

책 쓰기는 무에서 유를 창조하는 게 아니다. 하늘 아래 새것이 없다는 말이 성경 구절에 나온다. 어쩌면 돌고 도는 게 문화와 역사의 흐름이다. 이미 누군가는 당신이 쓰고자 하는 분야에 관해서 책을 냈다. 이런 선배들의 책을 참고해서 책 쓰기를 하면 훨씬 작업이 수월할 수 있다.

그러므로 책 쓰기 과정에서 모델 북을 선정하고 경쟁 도서를 분석하는 것은 중요한 단계라고 할 수 있다. 내가 쓰고자 하는 책과 유사한 주제나 형식의 책을 인터넷 주요 서점에서 검색해서 찾는다. 이들 수제의 유사성과 베스트셀러로 독자에게 인기가 많거나 리뷰와 평점이 좋은 독자들이 긍정적으로 평가하는 책을 위주로 선정한다.

선정된 모델 북의 책의 구조와 구성에 대해서 분석하기에 들어간다. 책의 목차와 챕터 구성을 분석하고 어떤 순서로 내용을 전개하고 있는지, 각 챕터의 길이와 내용은 어떤지 파악한다.

또한 저자의 문체와 톤을 분석하며, 독자들이 쉽게 이해하고 공감할 수 있는 스타일을 찾아본다. 아울러 표지 디자인 삽화 레이아웃 등 시각적인 요소를 분석한다.

시각적인 요소는 독자들에게 첫인상을 주는 중요한 부분이다. 쉽게 말해서 책을 뜯어서 분석하는 거다. 현대자동차가 포니를 개발하기 위해서 미국 일본 차들을 벤치마킹하는 과정과 같다고 할 수 있다.

모델 북은 핵심 키워드가 일치하고 내용이 유사해야 한다. 그리고 모델 북에서 장단점을 찾지 못하면 모델 북이 될 수 없다. 한 권의 책에서 모델 북을 발견하지 못하면 두 권 이상을 조합할 수 있다. 참고할 점은 주제 콘셉트 내용 구성 측면으로 구분한다.

내 분야의 베스트셀러를 분석하면서 오늘날 독자들의 욕망을 파악할 수 있다. 그러므로 작가는 서점과 친해져야 한다. 주기적으로 서점을 방문해서 독자들의 관심사와 트렌드를 읽을 수 있는 눈을 가져야 한다. 우리가 내고자 하는 책은 이미 나온 책들보다 조금 발전된 것을 내놓을 수 있어야 한다. 완전 새로운 걸 탄생시키는 건 아니다.

물론 나만의 생각과 관점으로 독창적인 내용을 담을 수 있어야 독자들의 선택을 받을 수 있다. 이를 위해서 이미 시장에 나온 기존의 유사 책들은 나의 경쟁 도서라고 할 수 있다. 그 책들을 핵심 내용을 분석해서 어떤 정보와 인사이트를 제공하는지, 어떤 방식으로 독자들에게 가치를 전달하는지를 파악한다.

이를 통해서 경쟁 도서의 강점과 약점을 파악한다. 경쟁도서와 비교하여 자신의 책이 제공할 수 있는 고유한 가치를 정의한다. 예를 들어, 더 깊이 있는 연구, 실질적인 팁, 개인적인 경험 등을 추가할 수 있다.

한 가지 분명한 것은 기존 책보다는 한 걸음 발전된 책을 내는 걸 목표로 삼아야 한다. 내가 낸 책의 첫 책은《리더스 하이를 체험하라》였다. 독서법 책이었는데 다독에 관해서 다룬 책들을 보면서 나만의 용어로 정의하고 싶었다. 그래서 운동 용어인 러너스 하이에서 착안해서 '리더스 하이'라는 명칭을 쓰게 되었다.

기존 자료들을 통해서 나만의 것으로 새롭게 재창조시킨 사례다. 내 책이 독자들에게 선택받기 위해서는 기존 책과는 차별화된 무언가를 줄 수 있어야 한다. 이 점을 고민하는 가운데 책을 쓰면서 서점 매대에서 독자들에게 선택될 모습을 상상하기를 바란다. 색다른 가치를 줄 수 있어야 한다.

3. 제목 선정

책 쓰기에서 제목은 얼굴이라고 할 수 있다. 독자가 책을 볼 때 처음 만나게 되는 부분이 제목과 표지다. 그만큼 심혈을 기울여야 한다. 사람의 첫인상이 30초 안에 결정되듯이 책 쓰기에서의 표지도 독자에게 책을 어필할 수 있는 중요한 요소이다.

책 쓰기에서 제목이 열 일을 한다는 사실은 많이들 알고 있을 것이다. 《노르웨이 숲》이라는 무라카미 하루키의 책은 《상실의 시대》라는 제목으로 바꾸고 나서 독자들의 사랑을 받았다고 한다. 《칭찬은 고래도 춤추게 한다》 역시 새로운 제목으로 독자들의 사랑을 받았다고 할 수 있다. 물론 이 책들은 종이책이다. 흔히들 종이책을 패키지여행으로 비유하면 전자책은 자유여행으로 비유할 수 있다. 본론을 얘기하기 위해서 소위 밑밥을 까는 전개를 생략할 수도 있다.

거두절미하고 할 말만 하는 핵심을 독자에게 전달할 수 있어야 한다. 내가 독자에게 줄 수 있는 아이템이 명확하게 나와야 한다. 그러므로 전자책에서의 제목 또한 직접적이고 강렬해야 한다. 이를 위해서 책에서의 핵심 메시지가 함축적으로 내포되어 있어야 한다.

우선 제목은 간결하고 명확해야 한다. 제목은 짧고 기억하기 쉬워야 한다. 너무 길거나 복잡한 제목은 독자들 뇌리에 박힐 수 없다. 책의 핵심 단어를 찾아라.

얼마 전 낸 글쓰기 책에서 제목을 짓는 과정을 소개하겠다. 내 책의 독자들은 MZ세대들이다. 이들에게 글쓰기에 대해서 쉽고 재미있게 접근할 수 있는 매뉴얼을 제공하고 싶었다. 마치 우리가 게임할 때 공략집이 있으면 쉽게 스테이지를 클리어할 수 있듯이 글쓰기 공략집을 한 권 전해주고 싶었다. 그래서 'MZ세대를 위한 글쓰기 치트키'라는 제목의 책을 내게 되었다. 이렇듯 책의 핵심을 매력적으로 드러내는 단어를 조합해야 한다.

전자책은 온라인 서점에서 검색될 가능성이 크기 때문에 적절한 키워드를 포함하는 것이 중요하다. 독자들이 검색할 가능성이 높은 키워드를 제목에 포함하면 검색 결과에 더 잘 노출될 수 있다. 이는 마치 블로그에서 상위 노출을 하기 위해서 황금 키워드를 삽입하는 것과 같은 이치라고 할 수 있다. 요즘 독자들의 감성을 자극하는 제목이 주목받고 있다.

특히 에세이류의 책에서는 이런 경향이 많이 보인다. 현대인들은 힘듦과 삶에 지쳐 있다. 그런 이들에게 위로를 줄 수 있는 제목을 통해서 독자들의 공감을 끌어내야 한다. 이 책 '퍼스널 브랜딩 전자책 쓰기 바이블 with AI'라는 제목을 통해서 전자책 쓰기에 관해서 알려주는 책이니 곁에 두고 책을 쓸 때 참고하면 좋겠네, 라면서 독자의 패인 포인트를 자극할 수 있어야 한다.

주제에 대한 추가설명이나 부연 설명을 제공하는 부제목을 활용하면 좋다. 부제목은 제목만으로 전달하기 어려운 세부 정보를 제공할 수 있다. 부제목을 통해서 책의 내용을 더 구체적으로 이해할 수 있도록 돕는다. 쉽게 배우는 실용적 가이드 단계별 접근법 등의 표현을 사용할 수 있어야 한다.

다시 말하지만, 우리가 내는 책은 실용서다. 시와 소설처럼 문학이 아니다. 직접적으로 독자에게 이 책이 주는 이점을 제시해야 한다. 제목 역시 인터넷 온라인 서점에서 관련 분야의 기존에 나온 책들을 조사하는 작업을 선행하면 좋다.

책 쓰기 아카데미에서는 자신이 내고자 하는 책의 주제를 100가지 써오라는 과제를 내준다고 한다. 이를 통해서 기존 모든 장르의 베스트셀러 제목을 조사하고 적는 것을 포함한다고 한다. 기존에 나온 잘된 책들을 패러디할 수도 있다. 사실 제목은 저작권이 없다. 그래서 똑같이 써도 무방은 하다. 나의 전작인 '퍼스널 브랜딩 전자책 쓰기'는 '퍼스널 브랜딩 책 쓰기'라는 책을 살짝 비틀어서 낸 책이다. 하지만 자칫 아류작으로 여겨질 수도 있기에 신중하게 적용하기를 바란다.

제목을 짓는 가장 핵심적인 요소는 내가 이 책에서 말하고자 하는 핵심 메시지가 내포된 문장이 들어가야 한다. 이를 위해서 제목 짓는 연습을 꾸준히 지속하기를 바란다. 분명 여러분의 문구 하나에 독자가 반응하는 모습을 보일 것이다. 그걸 상상하면서 제목 짓기 연습을 게을리하지 말기를 바란다.

4. 기획과 목차 작성

우리가 쓰는 전자책은 독자들에게 도움이 되는 책이어야 한다. 독자들은 바로 써먹을 수 있는 내용을 원한다. 전자책은 종이책과는 다르게 실질적인 노하우와 방법 등을 제시해 주어야 한다.

종이책이 what why how라는 3요소를 통해서 순차적으로 접근한다면 전자책은 how로 단도직입적으로 들어갈 수 있다. 일종의 매뉴얼과도 같은 기능을 해야 한다. 우리가 중고등학교 때 게임을 사서 클리어하기 위해서 공략집을 구했던 것처럼 우리가 가진 문제와 불편을 해소하기 위해서 전자책은 존재한다. 정부로부터 지원금을 받는 방법, 전자책을 한 달 만에 작성하는 방법 등과 같이 독자들이 궁금해하는, 원하는 내용을 다루는 게 좋다.

전자책은 수정과 보완이 용이하고 출간 주기가 비교적 짧으므로 최신 데이터와 자료를 다룰 수 있다. 독자들에게 갓 나온 빵처럼 신선한 정보를 제공할 수 있다. 이를 위해서 작가는 독자들이 실생활에서 알고자 하는 내용을 다루고자 한다. N잡러 시대에 평생직장 개념이 사라진 시기에 자신의 지식과 경험 노하우를 통해서 수익을 올리고자 하는 이들에게는 블로그를 통해서 정보를 대중에게 알리고자 한다. 이를 위해서 인플루언서가 되는 방법에 대해서 다루는 것도 좋다.

책 쓰기에 있어서 목차는 뼈대와 기둥이 된다. 일종의 집필 계획서와 구상과도 같다. 자신의 그림에 밑그림을 그리는 활동이다. 스케치하면서 윤곽 구도를 그리는 것과 유사하다고 본다. 목차를 작성해야 책이 산으로 간다거나 삼천포로 빠지는 걸 방지할 수 있다.

보통 전자책의 분량은 적으면 20페이지, 많으면 50페이지 분량으로 잡을 수 있다. 챕터를 5개로 잡고 각 챕터의 꼭지를 10개로 잡고 A4 1장에서 2장 정도 본문 분량을 채워 나가면 한 권의 전자책이 완성된다.

목차를 정교하고 수월하게 짜놓으면 마치 아이들이 블록쌓기하듯이 끼워서 맞추면 된다. 그래서 책 쓰기 코칭학원에서는 초보 작가들이 책 쓰기를 수월하게 하려면 개인 설문시를 통해서 성향과 관심사를 파악하고 이에 맞추어서 책을 기획하고 제목과 목차를 짜준다. 이를 바탕으로 책 쓰기를 하게끔 가이드를 해주면 비교적 수월하게 책 쓰기를 할 수 있다. 목차를 잘 짜는 방법은 기존에 출간된 관련 분야의 책의 목차를 분석하고 이를 자주 보는 방법이 있다. 필요하다면 목차를 필사하는 훈련도 도움이 된다. 목차에 대한 감각을 익히는 과정을 거쳐야 한다.

책을 몇 권 낸 기성 작가들의 코칭과 조언을 받는 것도 나쁘지는 않다. 누군가 나의 글을 봐주고 길을 제시해 준다면 책 쓰기 작업을 한층 수월하게 할 수 있다. 그러나 기억하자. 책 쓰기는 결국에는 본인이 해야 한다는 것이다. 아무리 훌륭한 코치라도 책을 대신 써줄 수 없다.

방향과 길만 제시할 따름이지 결국에는 본인이 써야 한다는 점을 말이다. 가끔씩 책 쓰기 학원에 등록하면 책 한 권이 절로 나온다고 착각하는 이들을 보게 된다. 큰 오산이다. 한 권의 책이라는 결과물이 나오기 위해서는 연구와 자료조사, 문헌을 참고하는 과정 등을 통해서 다듬어지는 시간이 필요하다.

잘 팔리는 전자책의 목차 작성의 예시를 들어보자.

프롤로그(이 책을 쓰게 된 계기, 스토리)
목적과 이유
개념 및 정의 실행
문제 제기
문제 해결책 제시
실천 방안
그 밖에 알면 좋은 내용(보너스)
에필로그

위의 목차를 참고해서 한 권의 책을 구성하는 것도 좋을 듯싶다.

목차를 짤 때는 각 요소가 피를 나눈 형제처럼 유기적이고 밀도 있게 짜야 한다. 초보 작가들이 목차를 짜면 엉성하고 들쭉날쭉한 목차가 나올 때가 있다. 목차를 쓸 때는 하나의 꼭지에서 작가가 말하고자 하는 핵심 문장에서 키워드를 추출해서 이를 바탕으로 쓸 것을 권해드린다.

목차는 책의 뼈대다. 한 권의 책을 쓰는 걸 집을 짓는 데 비유한다. 집이 튼튼하고 건실하게 지어지려면 목차가 잘 짜여야 기초가 튼튼해진다. 흔히들 기획과 목차를 책 쓰기의 70%라고 한다. 그만큼 작가는 신경 쓰고 공들여 써야 한다.

5. 매력적인 목차 작성

책 쓰기의 핵심은 기획과 목차라는 말이 있다. 이 둘을 했으면 책 쓰기 절반은 했다고들 한다. 그중에서 목차는 책을 구성하는 뼈대라고 할 수 있다. 한 권의 책을 쓰는 걸 집을 짓는다고들 표현한다. 집을 짓기 위해서는 기초 공사를 해야 한다. 골조를 세우고 모양새를 갖추어야 한다.

목차가 잘 구성된 책은 체계적이고 눈에 쏙 들어온다. 전자책은 특히 종이책과는 달리 인터넷상에서 유통된다. 독자들은 책 표지와 제목 그리고 목차를 보면서 이 책의 구성에 대해서 알게 되고 이 책이 나에게 유용한지에 대해서 판단하게 된다.

그러므로 독자를 유혹할 수 있는 목차를 짜는 연습을 많이 해야 한다. 나도 전자책을 지금까지 20여 권 남짓 썼지만, 아직도 목차를 짜는 게 쉽지 않은 작업이라는 생각을 하고는 한다.

일단 목차를 짜기 위해서는 책의 구성인 제목, 장, 꼭지, 핵심 내용, 인용구 및 참고 자료 항목을 만들어서 목차를 정리해야 한다. 제목은 그 책의 내용을 한 문장으로 대표하는 것이다. 제목으로 이 책이 필요한 이들에게 직접적으로 어필할 수 있다. 각 장은 작가가 말하고자 하는 메시지들의 집합이라고 생각하면 된다. 보통 종이책은 4개 장 내지 5개 장으로 구성된다. 전자책도 마찬가지다. 꼭지는 에피소드라고 이해하면 쉽다. A4 2장에서 2장 반 정도의 분량으로 작가가 독자에게 말하고자 하는 메시지를 풀어내는 하나의 소집합이라고 말할 수 있다. 이런 꼭지 40개가 모이면 보통 종이책 한 권 분량이 완성된다. 전자책은 그 분량의 반 정도면 된다.

한 꼭지 분량의 글을 구성하기 위해서는 일단 유명한 이들의 격언으로 시작할 수 있고 자기 경험을 말하면서 시작할 수도 있다. 좋은 책이 되려면 작가 자신만의 독특한 아이디어와 경험이 녹아야 한다. 그래야 독자들은 그 책을 쓴 작가의 매력을 느낄 수 있다.

자신의 견해와 주장을 뒷받침할 수 있는 근거들을 잘 형성해야 한다. 그래서 참고 문헌 자료들을 조사하고 인용구를 통해서 객관성을 확보하게 된다. 원고는 초보 작가들이 어려워하는 부분이다. 한 번도 이런 분량의 글을 써본 경험이 없기 때문이다. 이는 훈련을 통해서 완성될 수 있다. 원고 작성하는 사이클을 몇 번 돌려보면 알 수 있다. 목차는 책을 쓰는 데 가이드라인이 될 수 있다.

글이 삼천포로 빠지지 않고 중복된 내용을 반복해서 담는 걸 방지할 수 있다. 목차를 배울 수 있는 한 가지 팁을 알려드리면 내가 출간하고자 하는 분야의 책 중에서 베스트셀러 책의 목차를 잘 살펴보자. 그리고 목차를 필사하면서 감각을 키우는 방법도 좋은 방법이다.

흔히들 글쓰기 실력을 키우기 위해서 명문장을 부분 필사하면서 필력을 키우는 분이 많다. 목차 또한 마찬가지다. 많이 필사해 보고 짜보면서 감각을 키워야 한다.

목차를 짜려면 구조적 논리적 사고를 하는 훈련을 하자. 마인드맵을 통해 쓰고 싶은 내용을 주제로 정한다. 이를 클러스터 기법을 사용하여 주제와 연관된 생각을 펼친다. 펼쳐진 생각을 동일한 주제로 묶어 그룹화한다. 그룹화된 주제들을 묶어 로직 트리MECE(Mutually Exclusive Colletively Exaustive) 상호배제와 전체포괄 방식으로 정리한다. 이를 위해서 나는 목차를 짤 때 알마인드를 자주 이용하고는 한다. 지금 이 책을 쓸 때도 목차를 알마인드로 각 꼭지 내용을 떠오르는 대로 나열한 다음 그룹화했다.

1. 전자책 쓰기의 시대 도래
2. 전자책 쓰기의 이점
3. 1인 기업을 하면서 퍼스널 브랜딩 도구 전자책

전자책 쓰기의 구체적 방법
팔리는 주제를 잡는 법
본문 작성하는 법
표지 만드는 법
판권지 작성

무료 글꼴 사용하기

목업하는 법

펀딩하는 법

플랫폼에 등록하는 법

네이버 인물 등록 검색하는 법

예술인 등록하는 법

책을 홍보하는 법

이들 가운데 유사한 부분을 묶어서 하나의 장으로 형성하는 거다. 목차를 짜는 데 한 가지 적용해 볼 만한 MECE 원칙이 있어서 소개해 보겠다. MECE는 컨설팅 회사에서 이미 많이 사용하는 기법으로 목차를 구성하는 데 도움이 된다. '작가와'에서 베셀 모임을 진행할 때 목차 자성 시간에 이 이론을 적용하는 법에 대해서 함께 논의한 적이 있다. 이 원리는 컨설팅 회사에서 논리의 구성이 중요하기에 논리 전개 방법으로 적용하고 있다.

MECE는 중복과 누락 없이 상호 간에 중복되지 않고 전체적으로 누락 없이 구성하는 것이다. 이를 목차 구성에 도입하면 많은 도움이 된다.

6. 본문 작성

어찌 보면 가장 중요한 책 쓰기의 핵심이 바로 본문을 작성하는 것이다. 원고가 있으면 사실상 책 쓰기는 끝났다고 본다. 하지만 이 원고를 만들기까지가 넘어야 할 산이다. 책 쓰기의 원고 작성에서 많이들 글쓰기와 다르다는 말을 많이 한다.

물론 다른 점이 있기는 하지만 사실상 똑같은 거다. 일종의 언어 유희라고 보인다. 글쓰기가 단거리 뛰기라면 책 쓰기는 마라톤이라고 할 수 있다. 긴 문장을 하나의 주제에 관통하도록 써야 한다. 사실 예비 작가들이 이런 긴 분량의 글쓰기를 해본 경험이 없다. 다들 원고 쓰다가 지치게 마련이다.

그나마 전자책 쓰기 원고 작성은 분량이 종이책의 절반 정도이기에 훨씬 부담이 덜하다. 그래도 글쓰기에 훈련되어 있지 않은 이들에게는 커다란 도전이자 훈련이라고 생각된다. 보통 책 쓰기 아카데미에서 원고 작성을 40꼭지만 완성하면 된다고 한다. 한 꼭지가 두 페이지 반 정도이기에 이를 40개 정도 완성하면 80페이지 분량의 글이 완성된다. 종이책은 80페이지에서 120페이지 분량을 쓰면 책 한 권 분량을 완성할 수 있다. 나도 종이책을 쓰기 위해서 위와 같은 분량의 글을 세 번 정도 한 사이클씩 돌렸던 기억이 난다.

한 30~40페이지 정도 쓰면 더 이상 쓸 말이 없게 된다. 업계 용어로 밑천이 다 떨어진 거다. 이럴 때는 서점 가서 관련 책들을 보면서 재료를 보충해야 한다. 이런 책 쓰기 원고 과정은 분명 그만한 훈련을 거쳐야 한다. 종이책은 이렇게 힘들게 원고를 써도 출판사에 투고한 내 원고를 출판사가 픽해주지 않으면 책이 나올 수가 없다.

참으로 험난한 과정을 거쳐야 한다. 출판사의 선택을 받는 게 아이돌이 기획사에서 데뷔하는 거와 마찬가지다. 바늘구멍을 뚫어야 한다. 이를 위해서 수많은 인내와 연습 시간이 요구된다. 이에 비해서 사실 전자책은 식은 죽 먹기다.

원고만 있으면 플랫폼에 등록만 하면 된다. 전자책 플랫폼에 등록해 보면 알겠지만, 처음에는 두세 번 승인 거부를 한다. 이런저런 보완 사항을 기록해서 반려한다. 하지만 그에 맞게 수정만 하면 통과하는 데는 문제가 없다. 책 내기가 너무 쉽다. 그래서 일부 사람들은 전자책의 가치를 알아주질 않는다.

전자책, 마음만 먹으면 개나 소나 다 낼 수 있는 거 아니냐고 폄하하기도 한다. 물론 그럴 수도 있다. 근데 독자들에게 팔리는 전자책을 쓴다는 건 사실 쉬운 일이 아니다. 독자에게 선택받을 수 있는 책을 쓸 수 있어야 한다. 이를 위해서 작가는 매일같이 연구하고 분석해야 한다. 책의 원고를 잘 쓰는 방법은 말하듯이 쓰기를 바란다. 글을 쓴다고 하면 사람들은 어려워하고 부자연스럽다.

하지만 청중 한 사람에게 강의한다고 생각하면서 글을 쓰면 술술 써지기 마련이다. 내 강의를 듣는 청중에게 이야기하듯 쓰면 된다. 그것도 어려우면 옆집 철수한테 가르쳐 준다는 느낌으로 쓰기를 바란다. 나는 지금 이 책을 쓰면서 전국의 MZ들에게 전자책 쓰기 노하우와 비법을 전수해 준다는 마음으로 쓰고 있다.

지금까지 내 책의 독자들이 MZ세대였기에 누구보다 친근하고 반갑다. 글을 쓸 때는 가급적 짧고 간결하게 쓰기를 바란다. 문장이 길어지면 주어와 서술어와의 간격이 넓어지면서 비문이 만들어질 수도 있다. 그렇다고 단문만 쓰면 글이 단조로워지기 때문에 간간이 중문을 섞어가면서 쓰기를 바란다. 글에 변화를 주어야 한다.

아울러 어미에 변화를 주기를 바란다. 특히 '것이다'라는 걸 남발하지 말기를 바란다. 글이 식상해진다. 일단 초고는 냅다 완성한다는 기분으로 쓰자. 분량을 채운다고 생각하고 한달음에 내뺀다는 기분으로 쭉 쓰기를 바란다. 내 속에 있는 것을 끄집어낸다는 기분으로 쏟아내기를 바란다.

이후에 수정할 시간이 있기에 최대한 분량을 뽑아내자. 종이책에 비해서 전자책은 분량도 적기에 처음 책을 쓰는 이들에게는 부담이 덜할 수 있다. 보통 최소 분량이 20페이지다. 나는 최소 50페이지 정도는 쓴다. 그래야 구색이 갖추어진다고 본다. 분량이 너무 적으면 아무래도 성의 없는 책이 되고 책값을 잘 받을 수 없기에 기왕 쓰는 거 30, 40페이지 쓴다는 각오로 쓰기를 바란다.

글쓰기에 관한 책이 참으로 많다. 이 분야에 관심이 많고 나름 공부한 사람으로서 한 가지 조언을 드리자면 글쓰기 책은 기본기를 익히면서 보고 일단은 무조건 많이 쓰기를 바란다. 그게 글쓰기의 왕도다. 무슨 뻔한 얘기를 해주냐고 반문할 수 있지만 사실이 그렇다.

많이 써보는 수밖에 없다. 그래서 매일 일기라도 쓰면서 글을 쓰는 활동에 친숙해지기를 바란다. 책 쓰면서 각자가 선호하는 시간대와 장소에서 꾸준하게 쓰기를 바란다. 혹자는 새벽에 맑은 정신에 쓰는 걸 좋아하시는 분도 있고 다른 이는 하루 일과를 마치고 저녁에 운치 있게 쓰는 걸 즐기는 분도 있다. 각자의 취향에 맞게 쓰면 된다. 글쓰기는 엉덩이 힘으로 쓴다고 한다. 의자에 앉아서 적어도 하루에 두 시간 정도는 시간 투자를 해야 책 한 권이 나올 수 있다.

책 한 권이 나오는 게 그냥 나오는 게 아니다. 무슨 하늘에서 뚝 떨어지는 것도 아니고 그만큼의 노력과 애정을 쏟아야 결과물이 나올 수 있다. 그러므로 내가 책을 쓰기로 했다고 하면 주변 사람들에게 선포하고 집필 계획을 세우기를 바란다.

그러면서 체계적으로 접근해야 한다. 김훈과 무라카미 하루키 등 유명한 작가분들은 하루에 일정 분량의 글을 꾸준히 쓰기로 유명하다. 이런 타고난 분들도 노력하는데 우리야 어떻겠냐 싶다. 《아리랑》,

《태백산맥》등을 지은 조정래 작가는 글 감옥에 자신을 가둔다는 표현을 쓰면서 원고 집필에의 몰두를 중시한다.

책이라는 하나의 결과물을 만들기 위해서 인고의 과정을 가진다는 건 보람되고 즐거운 일이다. 사실 우리가 조정래 작가처럼 대하소설을 쓰는 것도 아니고 그저 하나의 전자책을 완성하기 위해서다. 조금만 시간을 아끼면 나만의 책을 완성할 수 있다.

드라마 보는 시간, 야구 보는 시간을 대신해서 작가로서 거듭나기 위해서 집필 활동을 하기 위해서 나의 시간을 할애한다는 것만큼 의미 있는 일도 없을 거라고 본다. 하루 만의 책 쓰기라는 프로그램도 있다. 전자책 한 권을 하루 안에 완성하는 거다.

물론 분량이 짧은 책은 그렇게도 완성할 수 있다. 사실 나는 그런 프로그램을 좋아하지는 않는다. 찍어내듯 만든다는 건 좀 아니라는 생각이 든다. 자신만의 호흡과 리듬으로 원고를 완성해야 한다. 원고 완성에 한 달에서 두 달 정도의 기간을 두는 게 좋다. 마감 효과라고 일정 기간을 정해두고 원고를 써야 긴장감도 있고 끝내야 한다는 의무감에 더욱 박차를 가하게 된다.

라면은 3분 이내에 끓여서 먹어야 제맛이 나듯이 원고도 시간이 지나서 불어 버리면 맛이 없게 된다. 집중해서 단기간에 끝낼 것을 권해드린다. 원고를 쓰면서 관련 문헌에 대해 조사도 하면서 나름 공부하는 시간을 가져보자.

책 쓰기가 자기 계발의 끝판왕이라는 걸 몸소 체험하게 될 것이다. 내가 쓰는 분야에 대해서 메타인지가 형성되면 내가 아는 것과 모르는 것에 대해서 확연한 구분을 짓게 된다. 원고를 쓸 때 톤엔 매너를 일치시킬 것을 팁으로 알려드린다.

경어체와 평어체로 쓸지도 일단 한 가지를 정해 죽 밀고 나가야 한다. 중간에 변동되면 글의 통일성이 떨어지게 된다.

개인적으로 가르쳐 준다는 느낌으로 평어체로 쓰는 게 원고 작업에서 편하게 여겨진다. 가급적 인터넷 구어체는 쓰지 말기를 바란다. 그래도 책은 독자에게 선보이는 글이기에 격식을 차려야 한다. 일부 책이 친근감과 흥미를 주기 위해서 인터넷 언어들을 남발하는데 지양해야 한다고 본다.

이제 드디어 원고가 완성되었다. 매일 일정 시간 책을 쓰기 위해서 밤낮으로 노력한 그대에게 박수를 보낸다. 이 원고를 보고 기뻐하고 있을 독자들을 생각하면 눈가에 미소를 짓게 될 것이다. 이제 이 원고를 묵혀두기를 바란다. 모든 초고는 쓰레기라는 헤밍웨이의 말을 기억하자. 초고를 쓰고 2주 정도는 다른 일을 하자. 왜냐하면 내 원고에 대해서 기시감이 들기 때문에 문제점이 보이지 않기 마련이다. 이를 원고를 묵힌다고 한다. 그런 뒤에 원고를 퇴고하는 작업을 하기를 바란다. 맞춤법 띄어쓰기, 오탈자는 없는지 기본적인 것부터 점검하자. 흐름에서 바꾸어야 할 부분을 살펴보도록 하자. 중이 제 머리 못 깎는다고 내 원고를 관련 분야에 관심이 있는 예비 독자에게 한번 읽히고 피드백을 받는 작업을 거치기를 바란다. 내 글을 많이 보고 고칠수록 글은 좋아지게 마련이다.

이제 전자책 쓰기의 팔부 능선인 원고 쓰기를 마친 그대에게 박수를 보내고 싶다. 이제 플랫폼에 등록하고 유통하면 큰 틀에서 작업은 마치게 된다. 전자책 쓰는 과정은 크게 주제 정하고 기획안 작성(경쟁서 조사 책의 기획 콘셉트를 설정)-원고 작성 – 퇴고하면 완성되게 된다.

7. 템플릿으로 본문 작성하는 꿀팁

한 편의 글을 완성하기 위해서는 서론, 본론, 결론의 형태로 구성된다. 주로 서론에서는 질문과 후킹 의문점을 나타내고 본론에서는 이에 대해서 주장에 대한 근거 사례를 제시하고 결론에서는 주장 강조 제안을 하게 된다.

가령 전자책을 써야 한다는 한 꼭지 글을 쓴다고 할 때 <u>작가는 이에 대해서 주장을 하고 이유와 근거를 대고 사례를 제시한 후 제안을 하게 된다.</u>

예) 전자책 PDF는 지식 창업을 하는 사람이라면 꼭 필수로 만들어야 합니다. (주장)

왜냐면 지식을 정리하는 힘을 기를 수 있고, 이 힘은 곧 상대에게 권위

를 보여주기 때문입니다. (이유/근거)

이 권위는 곧 신뢰를 확보할 수 있는 계기가 됩니다. 성공한 사람들은 하나같이 전자책 PDF가 있습니다. 나만의 성장 전략과 노하우를 정리해서 책으로 만들고 이를 무료로 배포하여 브랜딩하고 있습니다. (사례)

이들도 처음에는 초보였습니다. 시작하는 지점은 모두 같습니다. 이 부분은 확실하게 도와드릴 수 있습니다. 전자책 한 권 만들어서 수익화에 도전하세요. (제안)

이와 같은 한 편의 글을 완성할 수 있다. (템플릿) 한 꼭지 글의 분량은 A4 1장에서 2장 정도가 적당하다.

전자책은 그보다 분량이 더 적어도 된다. 요즘 독자들은 글이 적고 가벼운 책들을 선호한다. 책 읽을 시간도 없고 부담이 적은 책을 통해서 정보를 빠르게 얻기를 바란다. 그런 MZ세대들의 취향과 기호를 저격해서 말하려는 메시지를 포함해서 본문을 작성하면 된다. 20꼭지에서 30꼭지 정도면 한 권의 전자책이 완성되게 된다.

전자책의 본문은 다시 한번 말씀드리지만

문제 제시
원인 분석
해결 제시
미래 과제

문제 제시, 원인 분석, 해결 제시, 미래 과제의 4가지로 구성한 후, 각 대목차에 5개씩 소목차를 만든다. 그러면 총 20개의 소목차가 생긴다. 이렇게 만들어진 소목차 20개에 하나의 소목차당 1.5페이지가량의 글을 쓰면 원고가 완성된다.

본문 작성의 팁을 알려드리면 원고작성 기간을 짧게 집중적으로 잡고 한 번에 쓰기를 권한다. 일단 글에 양을 채운다는 생각으로 내뱉는 기분으로 후닥닥 쓰기를 바란다.

우리에게는 퇴고와 수정 시간이 기다리고 있기 때문이다. 잘 쓰려는 완벽주의에서 벗어나자. 그렇지 않으면 이번 생에 당신의 책은 나올 수 없다.

성공적 대충주의라는 말이 있다. 일단 완성물을 만들어야 한다. 한 번에 완벽한 책을 낼 거라는 환상과 기대를 버리시기를 바란다. 책은 한 권 두 권 낼 때마다 조금씩 성장하고 발전하면 된다.

내 책이 나온다고 해서 누가 이거 가지고 욕하면 어떡하지, 하는 두려움과 걱정이 있을 수도 있다. 어디나 그런 사람이 있을 수 있다. 글 맷집을 기르는 여러분이 되었으면 한다. 본문 작성에서 필자의 개인 경험을 많이 녹여내었으면 한다.

독자들은 작가의 스토리텔링을 궁금해한다. 어디선가 들었을 만한 사례와 이야기보다는 작가만이 지닌 독창적인 메시지를 기다리고 있다. 이를 통해서 당신의 책은 다른 책과 차별화를 이룰 수 있다. 이를 통해서 나만의 개성 있는 책이 완성될 수 있다. 독자들은 당신만의 메시지를 기다린다. 이제 의자에 앉아서 쓰는 일만 남았다.

8. 원고 퇴고의 과정

내 글을 다시금 보는 그 일만큼 고역일 때도 없다. 그만큼 퇴고의 시간은 자기와의 싸움이다. 보통 한 권의 책을 내기 전에 3교를 하라고 추천한다. 처음에는 문법과 오탈자가 없는지를 체크한다. 이는 한글에서의 맞춤법 기능이라든지 네이버에서의 문법 기능을 통틀어서 교정한다.

영화 〈흐르는 강물처럼〉에서 주인공이 아버지 목사에게 글쓰기 교육을 받는 과정이 나온다. 퇴고에서의 핵심을 알려주는 한 장면이라고 본다. 아버지는 아들이 써온 페이퍼를 보면서 글을 줄이라고 조언한다. 글의 군더더기와 불필요한 부분을 줄임으로써 글을 더욱 완성도 있게 해 준다.

퇴고는 빼는 작업이라는 말이 있다. 문장의 군더더기와 불필요한 부분을 빼면서 내 글이 훨씬 좋아진다. 우리가 쓴 글을 덜어낸다는 게 그리 유쾌한 일이 아니다. 쓴 글을 아깝게 지운다는 건 커다란 결단이 필요하다. 그러나 이러한 과정을 거쳐서 글이 더욱 좋아진다.

이후에는 글의 흐름에 어색한 부분이 없는지를 확인하자. 퇴고하면서 추천해 드리는 건 원고를 일정 기간 묵혀서 다시금 바라보면서 나의 시각에 대한 객관화의 시간을 가져보자.

아울러 종이로 인쇄해 보면 글이 더 잘 보이게 된다. 소리로 낭독해 보면 입에 걸리는 부분이 나온다. 이를 통해서 내가 쓴 글이 더 좋아진다. 전자책은 종이책으로 출판사와 계약할 때 진행하는 편집자의 교정교열과 윤문 작업이 없다. 이를 저자 본인이 직접 해야 한다.

할 수 있다면 편집자에게 맡겨서 진행할 수도 있다. 이때 전자책의 제작비가 들게 된다. 할 수 있다면 작가 본인이 직접 이 과정을 해보면서 배울 수도 있다. 처음에는 편집자에게 의뢰하고 배우면서 앞으로는 스스로 해보는 경험을 통해서 한 권의 책을 제작하는 전 과정을 몸소 체험해 보면서 그 사이 전자책 쓰기 실력이 늘게 된다. 전자책 만드는 과정을 2번 정도 사이클을 돌리다 보면 어느 정도 책을 쓰는 방법과 감각을 익힐 수 있다. 헤밍웨이도 모든 초고는 쓰레기라고 했다. 《노인과 바다》, 《누구를 위하여 종은 울리나》 등의 주옥같은 작품을 쓴 대문호도 퇴고와 수정 과정을 중요시하는데 우리는 말해봐야 뭐하나 싶다. 나의 글을 많이 보고 고치면서 글은 늘게 되어 있다. 초고를 묵혀두는 시간을 가지는 것도 하나의 방법이다. 내글을 좀 더 객관적으로 볼 수 있는 눈이 생긴다. 다시 한번 말씀드리지만, 초고는 뒤도 안 돌아보고 후다닥 쓰고, 퇴고는 뚝배기에 장 담글 때처럼 묵혀서 여러 번 반복해서 하면 효과적이다.

네이버 맞춤법 검사기	철자 및 문법 검사, 맞춤법 교정	무료	한국어	한국어 맞춤법 및 문법 검사에 특화
다음 맞춤법 검사기	철자 및 문법 검사, 맞춤법 교정	무료	한국어	간단한 인터페이스, 한국어 지원

부산대학교 맞춤법 검사기(http://speller.cs.pusan.ac.kr/)

한국어 맞춤법 및 문법 검사를 돕기 위해 부산대학교 언어정보연구소에서 개발한 도구다. 이 검사기는 특히 한국어 텍스트의 철자, 문법, 띄어쓰기 오류를 효과적으로 검출하여 교정할 수 있도록 도와준다.

주요 기능

- 맞춤법 검사: 한국어 텍스트 내 철자 오류를 감지하고 올바른 형태로 교정 제안.
- 문법 검사: 문법적으로 잘못된 부분을 찾아 수정 제안.
- 띄어쓰기 검사: 올바른 띄어쓰기 규칙을 적용하여 텍스트를 교정.
- 사용자 피드백: 오류를 발견하고 수정하는 과정을 통해 지속해서 데이터베이스를 업데이트하여 검사 성능 향상.

사용 방법

- 웹사이트 접속: 부산대학교 맞춤법 검사기 웹사이트에 접속한다.
- 텍스트 입력: 검사하고자 하는 한국어 텍스트를 입력하거나 붙

여넣기를 한다.

- **검사 실행**: '검사' 버튼을 눌러 맞춤법 및 문법 검사를 실행한다.
- **결과 확인**: 검사가 완료되면 오류가 있는 부분이 하이라이트 되며, 올바른 형태로 수정할 수 있는 제안이 표시된다.
- **수정 적용**: 제안을 확인하고 필요한 경우 텍스트를 수정한다.

장점

- **정확성**: 한국어 맞춤법 및 문법 오류를 높은 정확도로 감지하고 수정 제안.
- **무료 사용**: 별도의 비용 없이 무료로 이용 가능.
- **편리성**: 웹 기반으로 언제 어디서나 접근이 가능하며, 간단한 인터페이스로 누구나 쉽게 사용 가능.

단점

- **기능 제한**: 고급 편집 기능이나 스타일 제안 기능은 제공하지 않음.
- **사용자 기반**: 주로 한국어 텍스트에만 적용이 가능하며, 다국어 지원이 없음.

예시

부산대학교 맞춤법 검사기를 사용하여 다음과 같은 텍스트를 교정할 수 있다.

- **입력**: "나는 오늘 학교에 갔읍니다."
- **검사 결과**: "나는 오늘 학교에 갔습니다."

이처럼 부산대학교 맞춤법 검사기는 한국어 텍스트의 정확성을 높이는 데 매우 유용한 도구이다. 텍스트 작성 시 발생할 수 있는 기본적인 맞춤법 및 문법 오류를 쉽게 교정할 수 있어, 특히 전자책 원고작업이나 각종 문서 작성 시 큰 도움이 된다.

9. 표지 디자인 과정

내 책을 처음 접하는 독자들에게 제일 먼저 어필할 수 있는 곳이 바로 표지다. 이 표지를 어떻게 만드느냐에 따라서 전자책 판매에도 직결된다. 한눈에 독자에게 전하고자 하는 메시지를 함축하면 그 표지는 잘 만들어진 거라고 할 수 있다.

사실 표지는 참으로 중요하다. 하지만 비전공자인 우리가 하루아침에 표지를 잘 만들 수 없다는 점이다. 놀라운 사실은 표지도 많이 만들어 보면 는다는 사실이다. 나의 전자책 첫 표지는 책 표지라고 할 수 없을 정도로 보기 민망한 정도였다.

무슨 PPT 발표 자료 첫 화면인 줄 알았다는 반응도 있고 이게 책 표지냐는 혹평도 직설적으로 하는 분도 있었다. 하지만 많은 시행착오를 거쳐서 크나큰 발전을 거듭하고 있다. 내가 봐도 표지가 참으로 좋아지고 있다는 사실을 체험 중이다.

일단 표지를 잘 만들기 위해서는 이 또한 벤치마킹하자. 인터넷 서점에 들어가서 내가 쓰고자 하는 분야의 주제 책들을 검색해서 잘 팔리는 책들을 모아서 분석해 보는 과정을 거치자. 표지의 잘된 점과 안 된 점을 볼 줄 알아야 한다.

사실 이것도 어느 정도의 안목이 있어야 한다. 아는 만큼 보인다고 한다. 표지는 미리 캔버스와 캔바를 추천한다. 이 사이트에 접속해서 전자책표지(bookcover)라고 검색하면 좋은 템플릿이 나오게 된다. 요즘에는 무료 템플릿이 많으므로 이를 잘 검색한 뒤 편집 과정을 거쳐서 표지로 사용하면 무난할 듯싶다. 여러 요소를 추가하고 색상을 바꾸고 텍스트를 내 책에 관련된 것으로 바꾸자. 그러나 사실 캔바와 미리 캔버스의 템플릿은 여러 사람이 보는 것이기에 똑같은 표지가 나올 수도 있다는 점을 명심하자.

이 중에서 나에게 맞는 걸 골라서 제목과 저자 이름, 그리고 출판사를 써주면 된다. 가장 기초적인 방법이다. 이에 대해서 나만의 표지를 만들고 싶다면 요소들도 바꾸어보고 색도 변화를 주면서 시도를 해보는 것도 좋다. 피그마라는 새로운 디자인툴 등도 사용할 수 있다. 만약에 본격적으로 표지와 내지 디자인에서 차별화와 뛰어남을 부각하고 싶다면 배워 보는 것도 추천해 드린다. 내지 색상도 바꿔보는 것도 좋은 방법이다. 흰색 바탕이 식상하다 여겨지면 노란색이나 분홍색 등 다양한 속지를 구성해 보는 것도 추천해 드린다. 텍스트로만 이루어진 전자책은 아무래도 지루하고 피곤하다. 중간중간에 사진을 첨부해서 흥미롭게 책을 만드는 것도 독자를 배려하는 하나의 팁이다. 다만 사진은 저작권에 유의해서 써야 한다. 인터넷에 검색하면 픽사베이 언플래쉬 등 다양한 무료 사진 사이트가 있다. 이 곳에서 가져다가 쓰고 출처를 밝혀주면 된다.

정말 나는 표지 영역에서 승부를 보고 싶다는 분들은 외주를 주는 방법도 있다. 보통 크몽 등 재능기부 사이트에서 10만 원 정도를 받고 시안을 몇 개 주고 고르라는 방법을 통해서 표지 디자인을 전문가에게 맡길 수도 있다.

어느 방법이 좋다고 딱히 말씀드릴 수는 없으나 자신의 책을 내 손으로 직접 만들고자 하는 이에게는 표지도 한 번쯤은 내 손으로 만들어 보는 경험을 가지기를 바란다. 전자책을 만들면 좋은 점이 책 만들기의 A-Z까지를 직접 경험해 볼 수 있다는 점이다.

보통 종이책을 출간할 때는 표지는 출판사에서 알아서 해준다. 하지만 전자책은 자신이 알아서 해야 한다. 이게 나의 실력을 높이는 데 많은 도움이 된다. 미리 캔버스 캔바의 무료 템플릿이 점차 사라지고 있다. 웬만한 좋은 건 다 유료라고 봐야 한다. 책 만들기에 투자한다는 생각으로 결제하는 것도 좋다고 본다. 사실 나는 작가는 책을 쓰는 임무를 가진 이라고 본다. 그래서 글쓰기에 좀 더 집중했으면 한다.

사실 요즘 작가들이 글쓰기에만 집중할 만한 환경이 아니라고 본다. 책이 나오면 홍보도 해야 하고 독자들과 소통도 해야 한다. 사실상 일인 다역을 해야 한다. 그러면서 성장하고 발전할 수는 있다고 본다. 전자책 표지 작업에 공을 많이 들이는 게 중요하다.

사실상 독자들은 책을 선택할 때 표지와 목차를 많이 보게 된다. 전자책은 특성상 내용을 보여줄 수가 없다. 인터넷에서 판매될 때 독자에게 보여줄 수 있는 게 제목과 표지와 목차 상세 페이지다. 이를 잘 구성해서 독자들의 구미를 당길 수 있어야 한다.

표지를 많이 만들어 보기를 바란다. 나도 처음에는 표지 만들기에 고심을 많이 했는데 점차 재미있어지고 이 표지를 보는 독자들이 어떤 마음일지에 대해서 생각해 보는 단계에 이르게 되었다.

모든 분야에서 양질 전환의 법칙이 적용되는 듯하다. 처음에는 물리적인 절대량을 늘리기를 권해드린다. 자연적으로 질은 향상되게 마련이다. 전자책을 만들 때 표지를 제일 먼저 만들어서 자신의 블로그나 인스타그램 등에 먼저 게시하기를 바란다.

자신의 SNS를 보고 이분, 책 쓰시는 작가분이구나 하고 사람들에게 홍보 효과도 낼 수 있다. 자신이 작가임을 알려야 한다. 그래야 한번 더 사람들이 봐주고 알게 된다. 아무리 좋은 제품도 고객이 알아야 살 수 있다. 그렇기에 홍보와 마케팅이 중요하다. 이는 다음에 살펴보도록 하겠다. 내 책의 얼굴 표지에 대해서 알아보았다.

첫술에 배부를 수 없다. 많이 만들어 보고 시행착오를 겪으면서 표지는 좋아지게 되어 있다. 일단 전자책을 처음 만드는 분들에게 해주고 싶은 충고 하나는 끝까지 완성하라는 점이다. 중도에 포기하면 안 된다. 아무리 별로이고 허접한 전자책이라도 일단 하나를 끝까지 완성했다는 점에서 높은 점수를 줄 수 있다.

그런 과정을 거치면서 많은 성장과 발전을 이루게 된다. 전자책 표지 만들기, 참으로 어찌 보면 쉽다. 포토샵 배워서 일일이 다 그려야 하는 것도 아니고 이미 만들어진 템플릿에 조금만 수정과 보완 작업을 통해서 좋은 표지가 완성되게 된다. 이제 표지 작업을 즐기면서 재미있게 하는 우리가 되었으면 한다.

표지 제작 사이트
https://www.miricanvas.com/
https://www.canva.com/
https://www.mangoboard.net/

무료 사진 사이트
https://pixabay.com/illustrations/
https://unsplash.com/ko/

10. 전자책 목업 과정

한 권의 책 표지를 만드는 건 단면 작업이다. 입체적으로 내 책을 대표하는 이미지로 만들기 위해서 목업이라는 과정을 거쳐야 한다. 대표적인 목업 사이트를 알려드린다. DIYBOOKCOVER.COM이 라는 사이트에서 가셔서 위 이미지에 화살표로 표시된 부분을 선택하면 목업 과정은 끝난다.

전자책 목업이란?
- 정의 : 전자책 목업은 전자책의 표지나 내용을 시각적으로 보여 주는 모델이다. 이는 실제 전자책처럼 보이도록 디자인된 디지 털 이미지다.
- 용도 : 출판사나 저자는 전자책을 홍보하거나, 잠재 독자에게 내 용을 전달하기 위해 목업을 사용한다. 목업은 구매를 유도하는 데 도움을 준다.

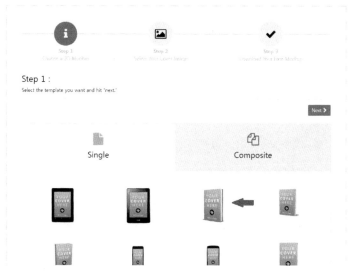

FREE BOOK COVER MOCKUPS

The 3D Book Cover Creator You'll Love to Use

Step 1 :

Select the template you want and hit "next."

Single

Composite

전자책 목업의 장점

- **시각적 효과** : 목업은 디자인을 실제처럼 보여주기 때문에 더 매력적으로 보인다.
- **전달력** : 독자나 투자자에게 책의 내용이나 스타일을 직관적으로 전달할 수 있다.
- **디자인 검토** : 디자이너는 목업을 통해 최종 디자인을 확인하고 수정할 수 있다.

전자책 목업 만드는 방법

- **디자인 소프트웨어 선택** : Photoshop, Canva, Figma와 같은 디자인 도구를 사용하여 목업을 제작할 수 있다.

- 템플릿 사용 : 무료 또는 유료 목업 템플릿을 다운로드하여 원하는 디자인을 쉽게 적용할 수 있다.
- 콘텐츠 추가 : 책 제목, 저자 이름, 표지 이미지 등을 템플릿에 추가한다.
- 미세 조정 : 색상, 글꼴, 레이아웃 등을 조정하여 최종 결과물을 만든다.
- 저장 및 공유 : 완성된 목업은 이미지 파일로 저장하여 웹사이트, 소셜 미디어, 이메일 등에서 쉽게 공유할 수 있다.

전자책 목업 활용 사례

- 홍보용 자료 : 전자책 출간 전에 소셜 미디어에 홍보할 수 있는 이미지를 만든다.
- 출판 제안서 : 출판사에 제출할 제안서에 목업을 포함시켜, 독자에게 어필할 수 있다.
- 디자인 피드백 : 팀원이나 독자에게 피드백을 받을 때 목업을 사용하여 의견을 구한다.

유용한 리소스

- 무료 목업 템플릿 : Freepik, GraphicBurger 등에서 다양한 목업 템플릿을 찾을 수 있다.
- 온라인 도구 : Canva와 같은 도구는 사용이 간편하며, 목업 제작을 위한 템플릿이 많이 있다.

전자책 목업은 디자인 작업에 있어 매우 유용한 도구다. 처음 접하는 사람도 쉽게 사용할 수 있으니, 한번 시도해 보세요!

대표적인 목업 사이트

https://diybookcovers.com/

11. 무료 폰트와 전자책 작성 툴

전자책을 쓰면서 한 가지 명심할 부분이 있다. 우리가 쓰는 한글 워드에서 글씨체를 그대로 쓰게 되면 저작권에 위배되기 때문에 무료 폰트를 쓰기를 바란다. 대표적인 전자책 무료 폰트 사이트로는 눈누를 들 수 있다. 네이버 나눔 글꼴도 들 수 있다. 필자가 자주 사용하는 글씨체로는 코펍 2.0과 조선 굴림체다.

전자책 본문은 스마트폰에서 독자들이 보기에 가급적 크게 시원하게 볼 수 있게끔 해야 한다. 판매용 전자책은 반드시 무료 글꼴을 써야 저작권에 위배되지를 않는다. 원고 추천 글꼴로 조선 굴림체, 나눔 고딕, 나눔 명조, 나눔 바른 고딕, 나눔 스퀘어를 추천해 드린다.

전자책 본문을 구성할 때 글자 위주로 빽빽하게 내용만 채우게 되면 독자가 읽기에 가독성도 떨어지고 흥미를 잃기 쉽다. 그래서 중간중간 이미지를 많이 넣어서 쉬어갈 수 있는 공간을 많이 만들자.

무료 이미지 사이트는 픽사베이 언플래쉬 등이 있다.

전자책을 만들 수 있는 틀은 상당히 많다. 일단 보편적인 한글 워드가 있다. 요즘에는 구글, 도큐먼트, 노션, 캔바, 피그마 등 다양한 툴에서 각자의 장점을 통해서 전자책을 완성할 수 있다.

툴 이름	주요 기능	가격	지원 플랫폼	비고
Google Docs	실시간 협업, 자동 저장, 구글 드라이브 통합	무료	웹, Android, iOS	– 실시간 협업에 탁월 – 클라우드 기반으로 언제 어디서나 접근 가능 – 구글 서비스와의 높은 호환성
Micro soft Word	강력한 워드 프로세서, 다양한 서식 및 템플릿 제공	월 $6.99 이상 (Office 365)	Windows, macOS, 웹, 모바일	– 전통적인 워드 프로세서로 널리 사용됨 – 오프라인에서도 강력한 기능 제공 – 오피스 제품군과 통합 가능

Google Docs:
- 장점
  - 실시간 협업: 여러 사용자가 동시에 문서를 편집할 수 있으며, 변경 사항이 실시간으로 업데이트된다.
  - 자동 저장: 문서가 자동으로 저장되므로 데이터 손실 위험이 적다.
  - 접근성: 인터넷 연결만 있으면 어떤 기기에서도 접근할 수 있다.
  - 무료 사용: 대부분의 기능을 무료로 사용할 수 있다.

- 단점
  - 제한된 고급 기능: Microsoft Word에 비해 일부 고급 서식 기능이 부족할 수 있다.
  - 인터넷 의존성: 오프라인 모드가 있지만, 인터넷 연결이 없을 때 기능에 제약이 있을 수 있다.

Microsoft Word:

- 장점
  - 강력한 기능: 고급 서식, 매크로, 템플릿 등 다양한 기능을 제공한다.
  - 오프라인 사용: 인터넷 연결 없이도 모든 기능을 사용할 수 있다.
  - 광범위한 호환성: 다양한 파일 형식과 호환되며, 다른 오피스 제품군과 통합된다.

- 단점
  - 가격: 구독 비용이 발생하며, 모든 기능을 사용하려면 Office 365 구독이 필요하다.
  - 협업 기능: 실시간 협업 기능이 있지만, Google Docs만큼 직관적이지 않을 수 있다.

이 표와 추가 분석을 통해, 사용자는 자신의 필요에 맞는 도구를 선택하는 데 도움을 받을 수 있다.

항 목	Canva	Notion
주요 기능	그래픽 디자인 도구, 템플릿 제공	문서 작성, 데이터베이스, 협업 도구
작업 방식	드래그 앤 드롭 방식의 디자인 편집	마크다운 기반 텍스트 편집 및 조직화
협업 기능	실시간 협업 및 댓글 기능	실시간 협업, 댓글, 태그, 멘션 기능
가격	무료 버전 / Pro 버전 ($12.95/월)	무료 버전 / Personal Pro ($5/월)
지원 플랫폼	웹, Android, iOS	웹, Windows, macOS, Android, iOS
비고	시각적으로 매력적인 페이지 디자인에 적합	조직화 및 구조화된 글 작성에 적합

Canva에서 전자책 원고 작업하기

1. 시작하기

- Canva 웹사이트나 앱에 접속하여 로그인한다.
- 'E-book' 템플릿을 검색하여 원하는 템플릿을 선택한다.

2. 디자인 및 작성

- 템플릿의 각 페이지를 드래그 앤 드롭 방식으로 편집한다.
- 텍스트 상자, 이미지, 그래픽 요소 등을 추가하여 페이지를 구성한다.

3. 협업

- 공동 작업자를 초대하여 실시간으로 함께 편집하고, 댓글을 통해 피드백을 주고받을 수 있다.

4. 출판
- 작업이 완료되면 PDF 형식으로 다운로드하여 전자책으로 출판한다.

Notion에서 전자책 원고 작업하기

1. 시작하기
- Notion 웹사이트나 앱에 접속하여 로그인한다.
- 새로운 페이지를 생성하고, 'Book' 또는 'Writing' 템플릿을 선택한다.

2. 작성 및 조직화
- 페이지에 마크다운 형식으로 텍스트를 작성한다.
- 섹션, 서브 페이지, 데이터베이스 등을 사용하여 내용을 조직화한다.

3. 협업
- 공동 작업자를 초대하여 실시간으로 함께 편집하고, 댓글과 멘션 기능을 사용하여 소통한다.

4. 출판
- 작업이 완료되면 PDF나 다른 형식으로 내보내어 전자책으로 출판한다.

이 표와 분석을 통해, Canva와 Notion에서 전자책 원고작업을 어떻게 수행할 수 있는지 쉽게 이해할 수 있다. 각 도구의 특성과 작업 방식을 비교하여 자신의 필요에 맞는 도구를 선택하는 데 도움이 될 것이다.

항 목	피그마 (Figma)
주요 기능	UI/UX 디자인, 프로토타이핑, 협업 도구
작업 방식	벡터 기반의 디자인 편집, 드래그 앤 드롭
협업 기능	실시간 협업, 댓글 기능, 버전 관리
가격	무료 버전 / 프로 버전 ($12/월)
지원 플랫폼	웹, Windows, macOS, Linux
비고	시각적 디자인 및 인터페이스 구성에 탁월

피그마에서 전자책 원고 작업하기

1. 시작하기:
   - 피그마 웹사이트에 접속하여 로그인한다.
   - 새로운 프로젝트를 생성하거나 템플릿을 사용한다.

2. 디자인 및 작성:
   - 페이지 아트보드를 생성하여 전자책의 각 페이지를 구성한다.
   - 텍스트 상자, 이미지, 벡터 그래픽 등을 사용하여 페이지를 디자인한다.
   - 스타일 가이드, 색상 팔레트 등을 활용하여 일관된 디자인을 유지한다.

3. 협업:
- 공동 작업자를 초대하여 실시간으로 함께 편집할 수 있다.
- 댓글 기능을 사용하여 피드백을 주고받고, 버전 관리 기능을 통해 변경 사항을 추적한다.

4. 출판:
- 디자인이 완료되면, 각 페이지를 PDF 형식으로 내보낸다.
- PDF 파일을 컴파일하여 최종 전자책 파일로 저장한다.

피그마의 장점
- **실시간 협업**: 여러 사용자가 동시에 문서를 편집할 수 있으며, 실시간으로 변경 사항을 확인할 수 있다.
- **디자인 도구**: 고급 디자인 도구와 벡터 편집 기능을 제공하여, 시각적으로 매력적인 전자책 페이지를 만들 수 있다.
- **플랫폼 호환성**: 웹 기반이므로 다양한 운영 체제에서 접근할 수 있다.

피그마의 단점
- **텍스트 편집 한계**: 텍스트 작성 및 편집 기능이 워드 프로세서만큼 강력하지 않을 수 있다.
- **학습 곡선**: 디자인 도구에 익숙하지 않은 사용자는 처음에 사용법을 배우는 데 시간이 걸릴 수 있다.

이 표와 분석을 통해, 피그마에서 전자책 원고작업을 어떻게 수행할 수 있는지 쉽게 이해할 수 있다. 피그마의 강력한 디자인 기능

과 협업 도구를 활용하여 시각적으로 매력적이고 일관된 전자책을
제작할 수 있다.

　이를 바탕으로 나에게 맞는 툴을 사용해서 전자책 원고를 작성하
기를 바란다. 물론 한글 워드가 가장 무난한 듯하다. 다양한 툴을 사
용해 보고 자신과 맞는지도 점검하기를 바란다.

12. PDF 책갈피 만들기

우리가 쓴 원고는 한글이나 워드에서 작업한 문서를 PDF로 변환해서 유페이퍼나 작가와 부크크 사이트 등에 등록해야 한다. 그에 앞서 책갈피 작업을 해야 한다. 나도 전자책 작업을 하던 초창기 시절에는 이 작업을 생략해서 반려를 많이 받고는 했다. 책을 빨리 내고 싶은 급한 마음에 출판사에 출간의뢰를 했다가 책갈피 작업을 해 달라는 요청을 받고 부랴부랴 다시금 전자책 작업을 하던 기억이 난다. 그렇게 어렵지 않은 작업이니 보시고 잘 따라 해보시길 바란다. 이제 곧 우리의 전자책이 서점에 유통되는 날이 코앞으로 다가왔다. 내 책이 독자를 만나는 날이다. 그리고 작가라고 불리게 될 날이다.

PDF에서 전자책 책갈피(북마크)를 만드는 방법을 아래에 캡처 화면과 함께 단계별로 설명하겠다. 알PDF와 아크로뱃 리더가 있다.

여기서는 Adobe Acrobat Reader를 기준으로 설명하겠다. 대부분의 PDF 리더에서 비슷한 방식으로 진행할 수 있다.

1. PDF 파일 열기

먼저, PDF 파일을 열어야 한다. 아래와 같이 Adobe Acrobat Reader를 실행하고 원하는 PDF 파일을 선택하여 연다.

2. 책갈피 패널 열기

파일을 연 후 왼쪽 상단에 보이는 책갈피 아이콘을 클릭하여 책갈
피 패널을 연다. 책갈피 패널은 현재 PDF에서 설정된 책갈피 목
록을 보여준다.

3. 새로운 책갈피 추가

책갈피 패널이 열린 상태에서 책갈피를 추가할 페이지로 이동한다.
페이지 상단에 위치한 "북마크 추가" 버튼을 클릭하면 현재 페이지
에 대한 책갈피가 생성된다.

4. 책갈피 이름 변경

새로 생성된 책갈피는 기본적으로 페이지 번호로 저장된다. 이 책
갈피의 이름을 바꾸려면 책갈피 항목을 오른쪽 클릭한 후 **"이름
바꾸기"**를 선택한다. 원하는 이름을 입력한 후 엔터 키를 누른다.

5. 책갈피 확인 및 관리

책갈피가 잘 추가되었는지 확인한 후, 필요한 경우 더 많은 책갈피
를 추가하거나 기존 책갈피를 삭제할 수 있다. 오른쪽 클릭 후 "삭
제" 옵션을 사용하여 책갈피를 삭제할 수 있다.

PDF 책갈피 만들기 요약 과정

PDF 파일을 연다.

책갈피 패널을 연다.

원하는 페이지에서 책갈피를 추가한다.

책갈피의 이름을 변경하여 관리한다.

필요시 책갈피를 삭제하거나 수정한다.

이 방법을 통해 전자책 PDF 파일에서 원하는 페이지로 쉽게 이동할 수 있는 책갈피를 만들 수 있다.

제5장

전자책을
출판사에 등록해 보자

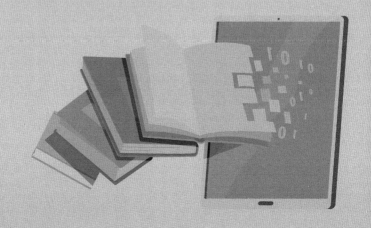

1. 등록 플랫폼에 등록 방법

전자책을 외부로 유통해 주는 대행업체가 '유페이퍼'라는 곳과 '작가와'라는 곳이 있다.

'유페이퍼'는 전자책 유통업체로는 국내에서 손꼽히는 유명한 곳이다. 유통사도 교보문고, YES24, 알라딘을 포함해 리디북스, 밀리의 서재 등까지 폭넓게 거래하는 업체다.

'작가와'라는 곳은 2022년 생긴 신생 업체다. 이곳은 교보문고, YES24, 알라딘, 북큐브, 밀리의 서재에 유통을 대행해 주는 곳이다. 두 곳의 인터페이스와 수수료 등을 비교해 보고, 작가에게 맞는 업체를 선택해서 전자책을 유통하면 된다. 참고로 작가와는 ISBN 발급이 무료인 반면 유페이퍼는 1,000원을 받고 있다. 작가와는 정산을 매달 해주고 유페이퍼는 33,400원 이상 시 자동 정산이 된다.

책 발간이 신속하게 이루어진다. 나의 네 번째 책《나의 군대 이야기》는 신청한 지 하루가 지나서 등록되고 시중 서점에 유통이 된 걸 보고 신속함에 놀랐다. 이후 청년 재테크의 비법과 퍼스널 브랜딩 전자책 쓰기를 작가와에서 냈다.

나의 첫 전자책은 독서법 3총사라고 이름을 지었다. 원래 종이책 출간을 목적으로 기획했던 책이었다. 출판사와 계약 과정에서 조건이 맞지 않아서 엎고 내가 전자책으로 세 권으로 분권해서 낸 책이다.

당시 원고가 아까워서 이 책을 어떻게 내야지 하다가 유페이퍼라는 전자책 플랫폼을 이용해서 낸 책이다. 유페이퍼는 지금까지 전자책을 내는 분들이 가장 많이 이용하는 사이트다.

유페이퍼와 작가와의 사이트를 모두 경험해 본 바로는 유페이퍼는 역사와 전통이 있다. 입점한 전자책과 사용자가 많다. 이게 단점일 수도 있다. 사이트가 느리고 출간까지 비교적 시간이 걸린다. 작가와는 생긴 지 얼마 안 되어서 글쓰기 모임과 강의를 많이 열어주고 표지 내지 관련된 템플릿도 제공해 준다. 비교적 작가와의 소통이 원활하게 진행된다. 최근에는 이곳도 이용자가 늘고 있어서 과거와는 다르게 일주일 정도 소요된다. 전에는 출간 신청하면 다음 날 책이 나와서 놀랐던 기억이 난다.

인세는 70% 정도를 받게 된다. 전자책을 등록하면 누가 사볼까 하는 걱정을 으레 하기 마련이다. 누군가는 사보게 된다. 관공서나 도서관에서는 의무적으로 예산을 써야 하므로 일정량의 책을 구매하게 된다. 그럴 때 내 책도 대상일 수 있다는 점을 알기를 바란다. 이

외에도 부크크 이퍼플 이페이지 등이 있다. 교보문고 이퍼플에서는 목차를 알pdf로 만들어야 등록되는 걸로 알고 있다. 이 사이트에 등록하면 주요 서점 등에 내가 쓴 전자책이 입점하게 된다.

전자책 등록 사이트
유페이퍼: https://upaper.kr/
작가와: https://www.jakkawa.com/

	부크크	유페이퍼	작가와
출판	종이책 (POD)	전자책	전자책
유통	자체 사이트 제휴 서점 일부	자체 사이트 제휴 서점 20여 곳	제휴 서점 10여 곳
ISBN	발급 ○ / 무료	발급 ○ / 유료	발급 ○ / 무료
정산	익월 정산	33,400원 이상 시 자동 정산	1원 단위까지 매월 자동 정산
인세 비율 (제휴서점)	컬러 10% 흑백 15%	40-50%	50%

[출처] ISBN 전자책 출판 사이트 : 부크크, 유페이퍼, 작가와|작성자 작가와

2. 유페이퍼 전자책 플랫폼

(1) 유페이퍼란?

유페이퍼는 누구나 손쉽게 전자책을 출판할 수 있는 플랫폼이다. 전문적인 출판사가 없이도 개인이 자신의 글을 전자책으로 만들어 다양한 서점에 배포할 수 있다. 특히 출판 과정이 복잡하지 않고, 자가 출판을 처음 시도하는 사람에게 적합한 시스템을 제공하여 인기가 높다.

(2) 유페이퍼에서 전자책을 출판하는 과정

• 회원 가입 및 로그인

유페이퍼에서 전자책을 출판하려면 먼저 유페이퍼 웹사이트에 가입해야 한다. 일반적인 이메일 주소나 SNS 계정을 통해 간단히 가입할 수 있으며, 회원 가입 후 로그인을 하면 본격적인 출판 절차를 진행할 수 있다.

• **전자책 파일 준비**

유페이퍼에 등록할 전자책 파일을 준비해야 한다. 보통 PDF 파일 형식을 많이 사용하며, 텍스트 정리, 이미지 삽입, 표지 디자인 등을 포함하여 완성된 전자책 파일을 만들어야 한다. 파일을 올리기 전, 내용과 서식을 꼼꼼히 검토해 출판 후 오류가 발생하지 않도록 주의해야 한다.

• **전자책 등록 절차**

유페이퍼에 로그인한 후 '전자책 출판하기' 메뉴를 통해 파일을 업로드할 수 있다. 여기서 입력해야 하는 정보는 다음과 같다:

- 제목 및 저자명 : 책의 제목과 저자 이름을 입력한다.
- 카테고리 선택 : 전자책의 주제를 기준으로 카테고리를 선택한다. 예를 들어, 소설, 자기계발, 경제 등 책의 성격에 맞는 카테고리를 선택하는 것이 중요하다.

• **책 소개 및 키워드** : 책 내용을 소개하는 글과 함께 독자가 쉽게 찾을 수 있도록 키워드를 설정한다. 키워드는 검색 결과에 영향을 미치므로, 독자가 검색할 만한 단어를 신중히 선택하는 것이 좋다.

• 표지 이미지 업로드 : 전자책 표지 이미지를 업로드해야 한다. 표지는 독자에게 첫인상을 남기는 중요한 요소이므로, 매력적이고 책의 주제를 잘 나타낼 수 있도록 디자인한다. 표지는 600x900픽셀의 해상도를 권장한다.

(3) 가격 설정

전자책의 판매 가격을 설정한다. 유페이퍼에서는 저자가 자유롭게 가격을 책정할 수 있으며, 가격을 설정할 때 경쟁 도서나 시장 상황을 고려하는 것이 좋다. 초보 저자는 다소 저렴한 가격을 설정해 더 많은 독자의 관심을 끌 수 있다.

(4) 저작권 및 ISBN 신청

유페이퍼에서는 저작권 보호를 위한 ISBN(국제 표준 도서 번호)을 1,000원을 받고 발급해 준다. ISBN은 전자책의 고유번호로, 책을 정식 출판물로 등록하고 관리하는 데 필수다. 또한 저작권 보호를 위한 안내문을 포함시켜 불법 복제를 방지하는 것도 좋다.

(5) 판매 및 유통 채널 선택

유페이퍼는 다양한 온라인 서점과 연동되어 있어, 한번 등록한 전자책이 여러 서점에 자동으로 유통된다. 대표적인 유통 채널은 교보문고, 알라딘, 리디북스, 네이버 책 등이 있다. 유통을 원하는 서점을 선택하면, 그 서점을 통해 판매가 이뤄진다.

(6) 출판 완료

모든 정보를 입력하고 파일을 업로드한 후, 검토 절차가 완료되면 출판이 승인된다. 출판 후에는 유페이퍼와 연동된 서점에서 독자들이 전자책을 구매하고 읽을 수 있게 된다. 유페이퍼에서는 판매된 전자책의 수익을 저자에게 지급하며, 이 수익은 월별 정산된다.

(7) 유페이퍼의 장점

- 쉽고 간편한 출판 절차: 복잡한 출판 절차 없이 누구나 쉽게 전자책을 출판할 수 있다.
- ISBN발급: 유페이퍼를 통해 전자책을 출판하면 1000원을 내면 ISBN을 발급받을 수 있다.
- 다양한 유통 채널: 유페이퍼에 한번 등록한 전자책이 여러 서점에 자동으로 배포되어, 더 많은 독자에게 노출된다.
- 판매 수익: 판매된 전자책의 수익은 유페이퍼와 저자가 일정 비율로 나누며, 저자에게 매월 정산된다.

(8) 유의 사항

- 콘텐츠 품질: 내용이 부족하거나 오류가 많은 전자책은 독자에게 부정적인 인상을 남길 수 있다. 출판 전에 반드시 내용을 검

토하고, 표지 디자인이나 편집 상태를 꼼꼼히 확인해야 한다.

- 가격 설정: 너무 낮거나 너무 높은 가격은 판매에 영향을 줄 수 있다. 시장 상황과 책의 가치를 고려해 적절한 가격을 설정하는 것이 중요하다.
- 저작권 보호: 전자책은 불법 복제의 위험이 있으므로, 출판 시 저작권 경고 문구를 추가하고 ISBN 발급을 통해 법적으로 보호받을 수 있도록 해야 한다.

유페이퍼는 전자책 출판을 꿈꾸는 초보 저자에게 매우 유용한 플랫폼이다. 간단한 절차로 전자책을 출판하고, 다양한 서점에 유통할 수 있기 때문에 누구나 손쉽게 자신의 책을 세상에 선보일 수 있다.

3. 작가와 전자책 플랫폼

(1) 작가와란?

"작가와"는 독립 출판 작가들이 손쉽게 전자책을 출판하고 판매할 수 있는 플랫폼이다. 작가와는 전자책을 직접 작성한 저자들에게 출판사 없이도 스스로 책을 출판할 수 있는 기회를 제공한다. 이를 통해 더 많은 사람이 자신의 콘텐츠를 출판하고 독자들과 소통할 수 있으며, 전자책 출판 절차를 간소화하여 저자들에게 많은 편의를 제공한다.

작가와는 특히 1인 출판에 중점을 두고 있어, 초보 작가부터 숙련된 작가까지 누구나 쉽게 접근할 수 있는 시스템을 갖추고 있다. 복잡한 절차 없이 전자책을 등록하고 판매할 수 있기 때문에, 전통적인 출판 절차에 부담을 느꼈던 사람들이 많이 이용하고 있다. 다양한 소규모 모임과 공집의 과정을 진행하고 있다.

(2) 작가와의 주요 기능

• 간편한 전자책 등록

작가와 플랫폼을 통해 누구나 쉽게 전자책을 등록할 수 있다. 책 내용을 준비하고, 표지 이미지를 업로드한 후 몇 가지 정보만 입력하면 출판이 완료된다. 번거로운 출판사 계약이나 복잡한 출판 절차 없이, 저자 본인이 직접 모든 과정을 관리할 수 있어 빠르고 간편하다.

• 무료/유료 출판 가능

작가와는 무료 또는 유료로 전자책을 출판할 수 있는 옵션을 제공한다. 저자는 자신의 전자책을 무료로 공개하여 더 많은 독자에게 노출시킬 수 있으며, 유료 종이책의 경우 가격을 자유롭게 설정하여 수익을 창출할 수 있다.

• 다양한 전자책 형식 지원

작가와는 다양한 전자책 파일 형식을 지원한다. 대표적으로 PDF, EPUB 형식이 있으며, 이 외에도 쉽게 변환 가능한 파일을 사용할 수 있어 저자들이 자신의 책을 원하는 대로 제작할 수 있다.

• 판매 및 수익 관리

저자는 자신의 전자책이 판매되면, 판매 기록과 수익을 실시간으로 확인할 수 있다. 수익은 일정 비율의 수수료를 제외하고 저자에게 돌아가며, 작가와는 투명한 수익 정산 시스템을 통해 저자들이 쉽게 자신의 수익을 관리할 수 있도록 돕는다.

일반적으로 수익 분배 비율은 저자 50%, 작가와 10%로 판매처 40%로 이루어지며, 저자에게 유리한 구조로 책정되어 있다.

• 독자와의 소통 기능

작가와는 독자와 저자가 소통할 수 있는 기능도 제공한다. 독자는 책을 읽고 리뷰를 남길 수 있으며, 저자는 독자의 피드백을 바탕으로 책을 개선하거나 추가 내용을 업데이트할 수 있다. 이를 통해 저자는 독자와의 긴밀한 소통을 유지할 수 있으며, 책의 완성도를 더욱 높일 수 있다.

(3) 작가와 전자책 등록 절차

• 회원가입 및 로그인

작가와에서 전자책을 출판하기 위해서는 먼저 홈페이지(www.jakkawa.com)에 접속해 회원가입을 해야 한다. 가입 후 로그인을 하면 전자책 등록 페이지로 이동할 수 있다.

• 전자책 파일 준비

전자책을 출판하려면 먼저 책의 파일을 준비해야 한다. 책의 본문과 표지가 포함된 파일을 PDF 또는 EPUB 형식으로 준비하며, 표지 이미지는 고화질로 제작하는 것이 좋다.

• 책 정보 입력

다음 단계로 책의 제목, 저자명, 장르, 카테고리 등을 입력한다. 책의 설명란도 중요하며, 독자들에게 책의 매력을 잘 전달할 수 있도록 간결하면서도 흥미로운 설명을 작성하는 것이 좋다.

• 가격 설정

유료로 출판할 경우, 전자책의 가격을 설정해야 한다. 저자가 직접 가격을 정할 수 있으며, 작가와는 시장 동향에 맞춰 적절한 가격을 제안하기도 한다. 무료로 배포하고자 한다면, 가격을 0원으로 설정하면 된다.

• 출판하기

모든 정보를 입력하고 나면 '출판하기'를 클릭하여 전자책을 작가와 플랫폼에 등록한다. 등록된 전자책은 작가와의 독자 커뮤니티와 전자책 스토어에서 판매되며, 독자들은 바로 구매하거나 다운로드할 수 있다.

(4) 작가와의 장점

• 초보자도 쉽게 접근 가능

작가와는 전자책 출판을 처음 시도하는 초보자들도 쉽게 이용할 수 있도록 직관적인 인터페이스를 제공한다. 출판 과정이 복잡하지 않고, 단계별로 필요한 정보를 입력하면 누구나 전자책을 출판할 수 있다.

• 출판 비용 부담 없음

작가와는 전자책 출판에 별도의 비용이 들지 않는 무료 출판 플랫폼이다. 저자는 출판 비용에 대한 부담 없이 자신의 책을 출판할 수 있으며, 유료로 판매할 경우 수익을 창출할 수 있다.

• 독립 출판자에게 유리한 수익 구조

작가와는 독립 출판자를 위한 플랫폼으로, 정산 비율은 판매처 약 40%(교보 알라딘 yes24 등), 작가와 10%, 작가 약 50% 수익을 제공하는 유리한 구조를 가지고 있다. 이는 전통적인 출판 구조보다 높은 수익률을 보장하며, 저자가 자신의 콘텐츠로 더 많은 수익을 얻을 수 있도록 돕는다.

• 판매 경로의 확장성

작가와는 자체 스토어 외에도 다양한 협력 서점을 통해 전자책을 판매할 수 있는 기회를 제공한다. 이를 통해 더 많은 독자에게 책을 노출시킬 수 있으며, 판매 기회를 극대화할 수 있다.

(5) 주의사항 및 팁

• 콘텐츠 품질 관리

전자책의 내용이 충실하고, 디자인이 깔끔해야 독자들로부터 좋은 반응을 얻을 수 있다. 특히 표지 디자인은 책의 첫인상을 결정짓는 요소이므로, 신경 써서 제작하는 것이 좋다.

• 저작권 문제 주의

전자책의 내용이 저작권을 침해하지 않도록 주의해야 한다. 무단으로 다른 사람의 콘텐츠를 사용하는 경우 저작권 문제가 발생할 수 있으므로, 자신의 창작물로 전자책을 제작해야 한다.

• 독자와의 소통 활성화

작가와에서 제공하는 리뷰 및 피드백 기능을 통해 독자와의 소통을 활성화하는 것이 좋다. 독자의 피드백을 바탕으로 전자책을 개선하고, 독자들에게 감사의 마음을 전함으로써 더 많은 독자층을 형성할 수 있다.

"작가와"는 독립 출판을 꿈꾸는 사람들에게 최적화된 전자책 출판 플랫폼으로, 누구나 쉽게 전자책을 출판하고 판매할 수 있는 환경을 제공한다. 간편한 출판 절차, 높은 수익 배분율, 독자와의 소통 기능 등을 통해 저자는 자신의 콘텐츠로 더 많은 기회를 얻을 수 있다. 전자책 출판을 고려하고 있다면, 작가와를 통해 쉽게 도전해 보세요!

4. 전자책 가격 설정에 대한 가이드

(1) 가격 설정의 중요성

전자책을 출간하는 과정에서 가장 중요한 부분 중 하나가 바로 '가격 설정'이다. 책의 가격은 독자의 구매 결정을 좌우할 수 있는 핵심 요소이며, 수익에도 직접적인 영향을 미친다. 특히 자기계발서 같은 전자책은 독자의 목표 달성 욕구와 관련이 있기 때문에, 가격이 적절하지 않으면 구매를 포기할 수 있다. 따라서 시장 조사와 독자의 기대를 고려한 전략적 가격 설정이 필수다.

(2) 가격을 결정하는 주요 요소

전자책의 가격을 설정할 때, 다음과 같은 요소들을 고려해야 한다.

• 콘텐츠의 가치

전자책의 내용이 얼마나 가치 있는가가 가격 설정의 핵심이다. 독자가 이 책을 통해 얻을 수 있는 정보나 통찰이 크다면, 높은 가격을 책정하는 것도 가능하다. 자기계발서는 일반적으로 독자에게 실질적인 변화를 가져다줄 수 있는 콘텐츠를 제공하기 때문에, 그 가치를 충분히 반영한 가격을 설정해야 한다.

• 목표 독자층

자신의 전자책을 어떤 독자층이 읽을지 명확히 해야 한다. 직장인, 대학생, 창업 준비자 등 타깃 독자의 경제적 능력과 가격 민감도를 분석하세요. 자기계발서는 경제적 여유가 있는 직장인을 타깃으로 할 경우 가격이 다소 높더라도 구매 가능성이 높아질 수 있다. 반면 학생이나 취업 준비생을 대상으로 한다면 다소 저렴한 가격이 적합할 수 있다.

• 경쟁 서적 분석

자신의 전자책과 유사한 주제를 다룬 경쟁 서적의 가격을 확인하는 것도 중요하다. 경쟁 책들의 가격이 너무 낮거나 높으면, 이를 고려하여 가격을 설정해야 한다. 경쟁사보다 지나치게 낮은 가격은 책의 품질에 대한 신뢰를 낮출 수 있고, 반대로 너무 높은 가격은 구매를 망설이게 할 수 있다.

• 출판 플랫폼 수수료

전자책을 판매하는 플랫폼에 따라 수수료가 다를 수 있다. 예를 들어, 아마존 킨들(KDP)은 책 가격에 따라 35% 또는 70%의 로열티 옵션을 제공하므로, 수익을 극대화하려면 이 점을 고려해 가격을 설정해야 한다. 즉, 수수료를 제외한 수익이 자신에게 적합한지 검토하고, 그에 따라 가격을 조정하세요.

(3) 가격 전략의 예시

• 초기 낮은 가격 전략

처음 전자책을 출시할 때는 낮은 가격으로 시작하는 전략을 사용할 수 있다. 자기계발서처럼 폭넓은 독자층이 있는 분야에서는 초기에 더 많은 독자의 관심을 끌기 위해 할인된 가격을 제시하고, 책의 인지도가 올라가면 점차 가격을 올리는 방식이다. 예를 들어, 출시 초기에는 2,000원에서 3,000원 사이로 설정한 후, 점차 5,000원으로 올리는 식이다.

• 프리미엄 가격 전략

콘텐츠의 퀄리티와 독자가 얻을 수 있는 가치를 고려해 높은 가격을 책정하는 전략이다. 자기계발서는 독자에게 실질적인 도움을 줄 수 있는 콘텐츠가 많기 때문에 프리미엄 가격 전략이 통할 수 있다. 10,000원 이상의 가격을 설정해 자신만의 독자층을 확보할 수도 있다.

• 구독 및 패키지 할인

자기계발서 분야에서는 여러 책을 묶어 패키지로 판매하는 방식도 효과적이다. 예를 들어, 특정 주제에 대한 심화 학습이 필요한 독자에게 연관된 여러 전자책을 묶어 할인된 가격으로 제공하면 구매 가능성이 높아진다. 또한 정기 구독 서비스를 통해 전자책을 정기적으로 제공하는 방식도 고려할 수 있다.

(4) 가격 테스트와 피드백 활용

가격은 고정된 것이 아니라, 시장 반응에 따라 변경할 수 있다. 출시 초기에는 여러 가격대를 실험하면서 독자의 반응을 확인하는 것도 좋은 방법이다. 독자들이 적극적으로 피드백을 주는 경우, 가격 조정에 대한 신호로 활용할 수 있다. 또한, 리뷰나 평가를 통해 가격 대비 책의 만족도를 분석하는 것도 필요하다.

(5) 마무리

전자책의 가격 설정은 단순히 책정하는 것 이상의 전략적 의사결정이 필요하다. 독자의 기대와 시장 상황, 자신의 콘텐츠 가치를 모두 고려해 적정한 가격을 설정하는 것이 성공의 열쇠다.

전자책의 가격은 통상적으로 1만 원 내외에서 왔다갔다한다. 밀리의 서재에서는 터무니없이 가격을 높게 설정할 때는 반려가 된다. 최소 분량이 20페이지인데 이때 가격은 3,000원 정도면 적당하다고 본다. 독자들도 어느 정도 분량이 있어야 소위 본전이라도 뽑는다는 느낌으로 책을 사주게 된다. 전자책 가격은 분량에 따라서 2만 원 정도가 최대치가 될 수 있다. 정말 전문적인 내용을 담으면 5만 원 정도까지 나온 전자책을 본 기억도 난다. 나의 경험을 이야기하자면 처음에 전자책 가격을 2만 원 선에서 책정했다. 나름 내 노하우를 알려주는 데 가치를 높게 책정한 듯하다. 독자들의 가격 저항선이 있는 듯하다. 아무래도 전자책은 종이책보다는 가격을 저렴하게 하는 게 맞는 듯하다. 실물을 보지는 못하기에 그렇다. 통상적으로 분량에 대비해서 20page 최소 분량일 때 5,000원 정도 받는 걸로 알고 있다. 50page는 8,000~10,000 정도로 적당한 가격선이 정해져 있다. 나처럼 살 사람은 사라는 식으로 높게 측정할 수도 있지만 아무래도 경기도 어렵고 사람들이 책을 많이 읽지 않는 상황을 고려할 때 착한 가격이 독자들에게 사랑받는 비결이 아닐까 싶다. 사실 책으로써 수익을 낼 수 있는 부분은 일부다. 이 책을 바탕으로 내 비즈니스에 연계 시키는 과정이 중요하다. 독서법 책을 내었으면 이를 바탕으로 독서모임을 열고 독서법 정규과정을 열어서 수강생들을 코칭하면서 더 나은 수익을 가져오는 게 바람직하다. 책은 나를 대중에게 알리는 수단으로 삼으면 좋다. 단편적으로 인세수입을 통해서 많은 수익을 바라는 건 무리다. 이 책을 통해서 나를 대중에게 알린다는 생각으로 접근하기를 바란다.

5. 전자책 저작권 보호법 가이드

(1) 전자책 저작권의 중요성

전자책의 보급이 늘어나면서 저작권 보호에 대한 관심이 커지고 있다. 전자책은 디지털 형식으로 제공되기 때문에 복제, 배포, 유출이 쉽다. 이는 저자의 권리를 침해할 수 있는 심각한 문제로, 전자책 출판 시 저작권 보호가 매우 중요하다. 저작권은 저자가 창작한 콘텐츠에 대한 소유권을 인정받고, 이를 법적으로 보호받을 수 있도록 하는 제도이다. 저작권 보호를 통해 저자는 경제적, 법적 권리를 가지며, 이를 통해 불법 복제나 도용으로부터 보호받을 수 있다.

(2) 저작권의 기본 개념

저작권은 창작물이 원작자의 창의적인 표현을 보호하는 법적 권리이다. 문학, 음악, 예술, 소프트웨어 등 다양한 창작물에 적용되며, 전자책 역시 이러한 저작권법의 보호 대상에 포함된다. 저작권은 기본적으로 창작자가 창작물을 완성하는 즉시 자동으로 발생하며, 별도의 등록 절차가 필요하지 않다. 다만, 저작권 침해 문제가 발생했을 때 법적 보호를 받기 위해서는 저작권 등록이 유리할 수 있다.

(3) 전자책 저작권 보호의 주요 내용

• 복제권

복제권은 저작물이 무단으로 복사되거나 디지털 형식으로 복제되는 것을 방지하는 권리이다. 전자책은 쉽게 복사하거나 디지털 파일로 변환할 수 있기 때문에, 복제권 침해의 위험이 크다. 저자의 동의 없이 전자책을 복사, 출력, 디지털 파일로 변환하는 행위는 저작권 침해에 해당한다.

• 배포권

배포권은 저작물을 공중에 배포할 수 있는 권리로, 전자책의 경우 파일 공유나 인터넷을 통한 불법 배포가 큰 문제가 된다. 전자책을 정당한 경로가 아닌 불법 사이트에서 다운로드하거나, 저자의 동의 없이 파일을 배포하는 행위는 저작권법 위반이다. 저작물의 합법적인 배포는 저자나 출판사가 허가한 경우에만 가능하다.

• 공중 송신권

공중 송신권은 저작물이 인터넷이나 방송 등을 통해 송신되는 것을 제어할 수 있는 권리이다. 전자책의 경우 인터넷을 통해 쉽게 전송되거나, 여러 사람에게 공유될 수 있는 특성이 있어 공중 송신권이 중요하게 다뤄진다. 저자의 허락 없이 전자책을 인터넷을 통해 배포하거나 스트리밍하는 경우, 이는 공중 송신권 침해에 해당한다.

• 2차적 저작물 작성권

2차적 저작물 작성권은 원 저작물을 바탕으로 새로운 저작물을 만드는 권리이다. 예를 들어, 전자책을 영화화하거나, 번역하는 경우 저자의 동의가 필요하다. 저자의 허가 없이 원 저작물을 수정하거나 재창작하는 행위는 저작권 침해로 간주된다. 이는 특히 전자책의 경우, 번역본을 제작하거나 내용 일부를 편집하여 다른 형태로 배포하는 경우 문제가 될 수 있다.

(4) 전자책 저작권 침해 사례

• 불법 다운로드 및 공유

전자책의 불법 다운로드는 대표적인 저작권 침해 사례입니다. 전자책 파일을 유료로 판매하는 합법적인 경로가 아닌, 불법 사이트에서 다운로드하거나 이를 다른 사람들과 공유하는 행위는 저작권법에 위배된다. 이로 인해 저자는 경제적 손실을 입고, 창작 의욕을 저해받을 수 있다.

• 디지털 파일의 무단 복제

전자책은 복제하기 쉽다는 특징 때문에, 무단 복제가 자주 발생한다. 예를 들어, 정당한 구매자가 전자책을 구입한 후, 해당 파일을 타인에게 무단으로 복사하여 배포하는 경우 이는 저작권 침해다. 또한, 이를 상업적인 목적으로 이용하면 더 큰 법적 문제가 발생할 수 있다.

• 2차 창작물의 무단 제작

저자의 동의 없이 전자책의 일부를 발췌하여 새로운 콘텐츠를 만들거나, 원작을 편집하여 배포하는 행위도 저작권 침해에 해당한다. 예를 들어, 전자책의 일부를 동영상 콘텐츠로 제작하여 인터넷에 게시하는 경우, 저작권자의 허락이 필요하다.

(5) 저작권 보호를 위한 조치

• 디지털 저작권 관리(DRM)

DRM(Digital Rights Management)은 전자책의 불법 복제를 방지하기 위한 기술적인 방법이다. 전자책 파일에 DRM을 적용하면, 구매자가 해당 파일을 복사하거나 무단으로 배포하는 것이 제한된다. DRM을 통해 저작자는 자신의 저작물이 불법으로 유포되는 것을 방지할 수 있으며, 전자책 판매 플랫폼에서도 이를 적극적으로 도입하고 있다.

• 저작권 등록

앞서 언급했듯이 저작권은 창작 즉시 발생하지만, 저작권 등록을 통해 더 강력한 법적 보호를 받을 수 있다. 저작권 등록은 저작권 침해가 발생했을 때 저작물의 소유권을 명확히 증명할 수 있는 수단이 된다. 전자책의 경우, 한국저작권위원회와 같은 기관에서 저작권 등록을 할 수 있다.

• 불법 복제 방지 경고 문구

전자책 내에 저작권 보호 경고 문구를 삽입하는 것도 효과적인 방법이다. 전자책 판권지나 첫 페이지에 "이 책의 무단 복제 및 배포는 저작권법에 의해 금지됩니다"라는 경고 문구를 명시함으로써, 독자에게 저작권 보호에 대한 인식을 심어줄 수 있다.

• 법적 조치

저작권 침해가 발생했을 경우, 저작권자는 법적 조치를 취할 수 있다. 저작권법에 따라 저작물의 불법 복제, 배포, 공중 송신 등의 행위에 대해 손해배상을 청구하거나, 형사 고소를 통해 침해 행위를 중단시킬 수 있다. 이를 통해 저작자는 자신의 권리를 보호할 수 있다.

(6) 전자책 저작권 보호 관련 법적 근거

• 저작권법

대한민국의 저작권법은 저작물의 창작과 보호, 이용에 관한 사항을 규정하고 있으며, 전자책 역시 저작권법의 보호를 받는다. 저작권법에 따르면, 저작자는 자신의 저작물에 대한 복제, 배포, 공중 송신, 2차적 저작물 작성 등에 대한 권리를 가지고 있으며, 이를 무단으로 침해하는 행위는 처벌받을 수 있다.

• 컴퓨터프로그램 보호법

전자책의 경우 컴퓨터 프로그램을 통해 만들어지는 디지털 콘텐츠로서, 컴퓨터프로그램 보호법의 적용을 받을 수도 있다. 이 법은 전자책과 같은 디지털 콘텐츠가 불법으로 복제, 배포되는 것을 방지하기 위한 법적 근거를 제공한다.

전자책의 저작권 보호는 저자의 창작물을 보호하고, 창작 활동을 지속적으로 가능하게 하는 중요한 요소다. 저작권법은 저자의 권리를 명시하고 있으며, 이를 기반으로 전자책을 합법적으로 유통하고, 저작권 침해를 방지하는 것이 중요하다.

6. 전자책 판권지 작성 가이드

(1) 한글에서 워터마크 삽입 방법

한글(HWP) 프로그램에서 워터마크는 문서에 저작권 보호를 알리거나 문서의 성격을 명시하기 위해 사용하는 배경 텍스트 또는 이미지다. 워터마크 삽입 메뉴가 [인쇄]에 위치해 있을 경우, 다음 단계를 따르면 된다.

• **텍스트 워터마크 삽입 방법**

- 한글 문서를 연다.

- 상단 메뉴에서 [파일]을 클릭한 후 [인쇄]를 선택한다.

- [인쇄 설정] 창이 나타나면, [워터마크] 탭을 클릭한다.

- [텍스트 워터마크]를 선택한 후, 워터마크로 사용할 텍스트를

입력한다. 예: "저작권 보호"

- 글자 크기, 색상, 투명도 등을 조정하여 문서에 자연스럽게 삽입
될 수 있도록 설정한다.
- 설정을 완료한 후 [확인]을 눌러 워터마크를 적용한다.

• 이미지 워터마크 삽입 방법

- [파일] 메뉴에서 [인쇄]를 클릭한다.
- [인쇄 설정] 창에서 [워터마크] 탭을 선택한다.
- [그림 워터마크]를 클릭한 후, 워터마크로 사용할 이미지를 불
러온다.
- 이미지 크기, 위치, 투명도를 설정하여 문서의 가독성을 고려
해 배치한다.
- [확인] 버튼을 눌러 워터마크를 삽입한다.

• 워터마크 수정 및 삭제 방법

- 수정 : 기존 워터마크를 수정하려면 [인쇄 설정] 창에서 [워터마
크] 탭으로 이동해 내용을 변경한다.
- 삭제 : 워터마크를 삭제하려면 [워터마크] 탭에서 [없음]을 선
택한 후 [확인]을 클릭한다.

(2) 워터마크와 저작권 보호의 중요성

워터마크는 문서의 저작권을 보호하기 위한 중요한 수단이다. 저작권 보호는 창작자의 권리를 보장하고, 콘텐츠의 무단 복제 및 사용을 방지하기 위해 필수적인 요소다. 다음은 저작권 보호에 대한 기본 개념과 중요성을 설명하고 있다.

• 저작권이란?

저작권은 창작자가 자신의 창작물에 대해 갖는 법적 권리이다. 문서, 그림, 음악, 영상 등 다양한 형태의 창작물에 대해 창작자는 독점적인 권리를 가지며, 이를 무단으로 복제하거나 사용하는 것은 법적으로 금지된다. 저작권 보호는 창작물을 사용하는 사람들에게 반드시 창작자의 허락을 받아야 한다는 의무를 부여한다.

• 워터마크의 역할

워터마크는 문서나 이미지에 삽입되어 저작권 보호를 알리는 역할을 한다. 워터마크를 삽입함으로써 다음과 같은 효과를 얻을 수 있다.

- 소유권 명시 : 문서가 누구의 창작물인지 명확히 표시된다.
- 불법 복제 방지 : 워터마크가 있는 문서는 무단으로 사용하거나 복제할 경우 법적 문제가 발생할 수 있음을 경고한다.
- 브랜드 홍보 : 워터마크에 회사 로고나 이름을 삽입하여 브랜드

를 홍보할 수 있다.

• 저작권 침해의 문제점

저작권 침해는 창작자의 권리를 무시하고, 그들의 창작물을 허락 없이 사용하는 행위를 의미한다. 이러한 행위는 법적 처벌을 받을 수 있으며, 창작물의 경제적 가치를 훼손하는 결과를 초래할 수 있다. 따라서 창작물 사용 시에는 반드시 저작권자를 존중하고 적절한 허락을 받아야 한다.

• 저작권 보호를 위한 추가 방법

- 저작권 등록 : 중요한 문서는 저작권 등록을 통해 법적 보호를 받을 수 있다.
- 배포 제한 설정 : 문서를 PDF로 변환하여 수정이 불가능하게 설정하거나, 배포 제한을 통해 무단 사용을 방지할 수 있다.
- 저작권 경고 문구 삽입 : 문서에 "이 문서는 저작권법에 의해 보호됩니다"와 같은 경고 문구를 추가하여 경고 효과를 높인다.

워터마크와 저작권 보호는 디지털 시대에 필수적인 방어 수단이다. 창작물의 보호를 강화하기 위해 워터마크를 적절히 활용하고, 저작권에 대한 인식을 높이는 것이 중요하다.

7. 전자책 판권지 작성 가이드

(1) 판권지란 무엇인가?

판권지는 책의 출판 정보가 기재된 페이지로, 전통적인 종이책뿐만 아니라 전자책에서도 필수적으로 포함된다. 판권지에는 저작권 관련 정보, 출판사 정보, ISBN, 출판일 등 중요한 법적 정보가 담겨 있으며, 독자에게 책의 출판 과정을 투명하게 알리는 역할을 한다.

전자책의 경우 종이책과는 달리 물리적인 공간 제약이 없으므로 판권지의 위치나 형태가 더 유연할 수 있지만, 그럼에도 불구하고 적절하게 구성된 판권지는 책의 신뢰도를 높이고 저작권을 보호하는 중요한 요소이다.

(2) 전자책 판권지에 포함해야 할 주요 항목

• 제목 및 부제

판권지의 가장 첫 번째로 중요한 정보는 전자책의 제목과 부제다. 독자들이 읽고 있는 책이 무엇인지 명확하게 알 수 있도록 책의 정식 제목과 함께 부제가 있을 경우 함께 기재해야 한다.

• 저자명

책의 저자를 명시하는 것도 필수다. 만약 공동 저자나 여러 필진이 있을 경우, 각 저자의 이름을 모두 기재해야 한다. 저자가 필명이나 별명을 사용하는 경우에도 본명과 필명을 함께 적는 것이 좋다.

• 출판사 정보 및 로고

출판사의 이름과 출판사를 대표하는 로고(있을 경우)를 포함시켜야 한다. 전자책의 경우 개인 출판이 가능하기 때문에, 출판사를 따로 두지 않는다면 '개인 출판' 혹은 '독립 출판'이라는 문구를 넣을 수 있다.

• 저작권(Copyright) 정보

저작권 정보는 반드시 포함되어야 한다. 보통 아래와 같은 형식으로 작성된다.

전자책에서는 디지털 복제 및 배포가 손쉽기 때문에 저작권 보호 문구는 더욱 중요하다.

• ISBN(국제 표준 도서 번호)

전자책도 ISBN이 필요하다. ISBN은 국가마다 ISBN 발급 기관에서 부여되며, 이를 통해 전자책의 유통이 가능해진다. ISBN은 13자리로 구성되며, 이를 판권지에 명시해야 한다.

예시: ISBN 978-89-1234-567-0.

• 출판 연도 및 판차 정보

출판 연도와 판차(출간된 판의 차수)를 기록한다. 예를 들어, "초판 발행: 2024년 10월 1일"과 같은 형식으로 출판일을 기재한다. 만약 개정판일 경우, "개정판 발행: 2025년 3월 2일"과 같은 형식으로 적는다. 이를 통해 독자는 자신이 읽는 책이 최신 버전인지 확인할 수 있다.

• 편집 및 디자인 정보

편집자나 디자이너가 있을 경우, 이름을 포함시킬 수 있다. 특히 전자책은 표지 디자인이나 내부 레이아웃이 중요한 역할을 하므로, 디자인을 담당한 사람이 있을 경우 이를 판권지에 기재해 주는 것이 좋다.

• 책 제작 및 유통 플랫폼

책이 어떤 플랫폼을 통해 제작되고 유통되는지 명시할 수 있다. 예를 들어, "이 책은 아마존 킨들(KDP)을 통해 제작되었습니다" 또는 "이 책은 교보문고 eBook을 통해 유통됩니다"라는 문구를 추가할 수 있다. 이는 독자가 어디에서 전자책을 구매하고 다운로드할 수 있는지 정보를 제공한다.

• 저작권 관련 경고 문구

저작권 침해에 대한 경고 문구를 추가하는 것도 중요하다. 전자책은 불법 복제가 쉽게 이루어질 수 있기 때문에 이를 방지하기 위한 경고 문구를 넣는 것이 좋다. 예를 들어, 다음과 같은 문구를 추가할 수 있다.

> "이 책의 내용 일부 또는 전체를 무단으로 복제, 배포, 전송하는 행위는 저작권법에 의해 금지됩니다."
> "전자책의 불법 복제 및 배포는 법적 처벌을 받을 수 있습니다."

- **저자 연락처 또는 웹사이트**

저자가 독자들과 소통하고 싶다면, 이메일 주소나 웹사이트, SNS 계정을 판권지에 기재할 수 있다. 이는 독자와의 소통을 통해 피드백을 받을 수 있는 좋은 기회가 될 수 있다.

(3) 전자책 판권지 작성 시 주의사항

- **간결하면서도 필수 정보를 포함**

전자책의 판권지는 종이책처럼 많은 공간을 차지하지 않더라도 모든 필수 정보를 포함해야 한다. 필요한 정보만 깔끔하게 정리하고, 지나치게 많은 내용을 넣어 복잡하게 만들지 않도록 주의해야 한다.

- **위치 선정의 유연성**

종이책의 경우 판권지는 주로 책의 첫 페이지나 마지막 페이지에 위치하지만, 전자책에서는 이를 조금 더 자유롭게 배치할 수 있다. 다만, 일반적으로 첫 장이나 마지막 장에 배치하는 것이 독자들에게 익숙하므로 권장된다.

- **법적 책임 명시**

판권지는 법적 보호 수단이므로, 저작권 관련 문구나 법적 경고 사항을 빠뜨리지 않도록 주의해야 한다. 특히 전자책은 디지털 콘텐츠이기 때문에 불법 유통 방지에 각별히 신경 써야 한다.

전자책 판권지는 책의 신뢰성과 법적 보호를 위해 꼭 필요한 요소이다. 제목, 저자, 출판사, 저작권, ISBN 등 필수 정보를 꼼꼼히 넣어야 한다.

제6장

전자책이 잘 팔리게 하는
노하우

1. 책을 홍보하는 방법

내 책이 드디어 나왔다. 그동안의 수고와 눈물과 땀의 결과물인 전자책이 나왔다. 책이 나왔다고 세상은 변하지 않는다.

내 책이 나왔다는 걸 사람들에게 알려야 한다. SNS와 서평단 모집 등을 통해서 사람들에게 내 책의 원고를 접할 기회를 제공하자. 책의 생명력은 출간 후 2~3개월이다. 이제는 종이책을 낼 때도 출판사에서 홍보를 책임지지 않는다.

저자의 홍보와 마케팅력이 중요한 때다. 저자 특강을 개최해서 강의 마지막에 내 책을 할인해서 개별 코칭과 함께 패키지로 팔 것을 추천한다. 아울러 오픈 채팅방을 운영하자. 요즘 오픈 채팅방의 춘추전국시대라고 한다. 오픈 채팅방은 지식의 스마트 스토어라고 한다. 나와 관심사와 주제가 맞는 사람을 가두리 양식장처럼 모아놓고 이들에게 세일즈를 하는 방법이다.

이들에게 나의 전자책이 나왔음을 알리고 한 권씩 사게끔 유도하는 것도 좋다. 바야흐로 저자가 몸소 뛰어야 하는 때다. 누구도 먼저 여러분의 책이 나왔다고 오는 사람은 없다. 그들에게 내 책이 나왔음을 알리고 이를 통해서 독자와의 만남을 주선해야 한다. 저자가 발로 뛰는 시대다. 초반 화력을 세게 해야 한다. 리뷰어를 모집해서 내 책에 대한 우호적인 멘트를 날리고 별점을 주는 이들을 동원하는 것도 방법이다. 강의를 많이 열 것을 권해드린다. 이제 책만으로 수익을 창출하는 시대는 지났다. 인세로 돈을 버는 작가는 극소수의 베스트셀러 작가들이다. 소위 상위 1% 작가들에게만 해당하는 일이다. 우리 같은 평범한 초보 작가는 인세보다는 강의와 코칭 컨설팅을 통해서 부수적인 수익을 창출할 것을 권해드린다. 요즘 같은 인터넷 시대에는 줌을 통해서 강의를 개설해서 고객을 모으는 것도 좋다. 물론 오프라인을 통한 관공서나 문화센터 등에서의 강연도 한번 관계를 맺으면 지속적인 활동을 할 수 있다. 책이 나왔다고 가만히 앉아있는 시대는 지났다. 모든 SNS를 동원해서 내 책이 나왔음을 사람들에게 알려야 한다.

주요 서평단 카페

리뷰어스 클럽, 책과 콩나무, 몽실북클럽, 책세상 맘수다
(위 내 곳이 활발하세 활동하고 있는 서평단 카페이다. 아쉽게도
전자책 서평보다는 종이책 서평이 주로 진행되고 있다.)

2. 예비 저자에게 전하는 당부의 메시지

한 권의 전자책이 완성되었다. 사실 요즘에는 AI를 이용해서 주제와 목차를 잡고 본문을 써달라고 하면 마음만 먹으면 하루에도 완성할 수 있는 게 전자책이다. 사실 분량을 적게 하고 주제와 목차만 명확하게 나온다면 나도 하루 만에 전자책을 쓸 수 있다.

하지만 그 품질은 보장할 수 없다는 게 나의 개인적인 의견이다. 아무리 책 쓰기가 쉽고 공장에서 찍어내듯이 하루 만에 완성할 수 있다고 해서 그런 책에 과연 작가의 사색과 사유와 깊이가 있는 책이 나올 수 있는지에 관해서는 의문을 제기할 수 있다.

다들 챗GPT Claude 뤼튼 등 문명의 이기를 이용해서 책을 쓰는데 활용하라는 말들을 한다. 분명한 건 이 도구를 내 것으로 만들고 책 쓰기에 잘 활용하면 꽤나 유용한 도구임은 분명한 사실이다. 하지만 이에 대한 나만의 철학이 들어가야 한다.

AI가 써준 글은 여전히 AI가 쓴 것 같은 맛이 있다. 사람이 쓴 것 같은 내추럴한 맛이 나질 않는다. 이를 얼마만큼 희석하고 나의 색깔을 입힐 수 있는지가 숙제인 듯하다. 많은 전자책 쓰기 강의가 하루에도 우후죽순 열린다.

전자책 쓰기를 하는 사람으로서 한번 강의를 듣고 있노라면 다들 대동소이하다. 별다른 차별성이 없다. 책 한두 권 쓰신 분이 외교관 관련 부서에서 근무한 경험을 발판으로 전직 외교관이 알려주는 전자책 쓰기라는 약간의 어그로성 강의도 들어보았다. 다들 이 춘추전국시대인 전자책 쓰기 시장에서 살아남기 위해서 과도한 멘트와 자극적인 내용으로 고객들을 끌어들이려는 경향이 있다.

사실 정부지원금 300만 원 받는다는 내용을 요즘 많이들 하는데 이게 다 받을 수 있는 게 아니다. 근데 마치 지원만 하면 받을 수 있는 것처럼 선전하기에 사실을 호도하는 면이 있다. 예술인 경력인증을 받으면 국가가 인정한 작가가 되는 것이기에 필수적으로 등록할 필요가 있다.

여러 가지 혜택도 있다. 예술인 복지 카드도 나와서 각종 공연 할인도 받을 수 있다. 네이버에 인물 등록을 하면 내 이름을 치면 검색이 된다. 물론 이게 유명인이라고 할 수는 없지만 차별화가 될 수도 있다.

펀딩을 하면서 내 책이 통할 수 있는 주제인지 검증할 수도 있다. 펀딩으로 전자책을 내기 전에 한번 수익을 내고 내 책을 일단 재능 사이트 크몽 탈잉 클래스 101에 등록한다. 이를 PDF 자료라고 정의

한다. 그리고 ISBN이 있는 이북으로 등록하면서 다양한 수익의 파이프라인을 받을 수 있다.

1인 기업을 하는 이들에게 전자책 만들기는 필수라고 할 수 있다. 오픈 채팅방 키우는 데도 유리하고 이를 바탕으로 잠재고객을 끌어 당길 수도 있다. 물론 요즘 전자책 무료 배포가 성행하기에 많은 이들이 전자책의 가치를 모르는 듯하다.

전자책은 그냥 공짜로 얻는 것이라는 선입견이 팽배한 듯하다. 이는 수많은 전자책 작가의 창작 의욕을 꺾는 처사다. 정당한 창작의 노동에 대한 대가가 정당하게 매겨져야 하는데 도매급으로 넘어간다. 장기적으로 볼 때 제살깎아먹기다.

전자책은 매체의 특성상 진입장벽이 낮다. 누구나 마음만 먹으면 원고를 작성해서 등록 플랫폼에 올려서 승인만 받으면 책이 유통된다. 그러므로 자칫 품질 관리가 되지 않을 수도 있다.

그에 반해 많은 이들이 작가로서 책을 낼 수 있다는 열린 문호라는 이점이 있다. 이제 작가 되기가 너무 쉽다. 과거에 머리 싸매고 골방에 앉아서 주요 신문사의 신춘문예 공모전에 응시해서 소수만 누릴 수 있는 호사이던 때가 엊그제인데 말이다. 그때는 마치 장원급제하듯 소수의 엘리트만이 작가로 설 수 있었다. 이제는 노트북에 한글창 띄워서 원고 20페이지만 쓰면 전자책을 뚝딱 만들 수 있다. 누구나 작가가 될 수 있는 환경과 시대가 열렸다.

하지만 과연 그 질적인 향상은 어느 정도인지에 대해서 의문을 제기하지 않을 수 없다. 사실 시중에 유통되는 전자책 몇 권을 열어보면 이게 과연 책으로서의 가치를 줄 수 있을까, 라는 회의와 의문을 주는 문제작들이 즐비하다.

물론 냉철한 독자들에 의해서 걸러질 거라고 생각한다. 하지만 책을 내는 작가들이 좀 더 신중하고 준비된 작품을 내놓을 수 있는 작가 의식이 있었으면 한다.

사실 이 부분에 대해서는 나 역시 자유로울 수 없는 한 사람이다. 하지만 누군가는 이런 얘기를 할 수 있는 풍토가 조성되어야 한다. 잘못 만든 검증되지 않은 전자책이 자칫 나를 도와주는 게 아닌, 나를 궁지에 몰고 갈 수 있다는 사실을 작가들은 잊지 말아야 한다.

그래서 많은 작가가 아직 전자책을 인정하지 않는다. 전자책은 누구나 마음만 먹으면 낼 수 있고 쉽지 않느냐는 문제 제기를 한다. 그래서 출판사를 통해서 기획출판을 한 작가를 정식 작가로 인정해 준다.

종이책의 물성과 권위가 아직 독자들에게 깊게 자리 잡고 있다. 사실 나 역시 책 하면 종이책으로 한 장 한 장 넘기면서 음미하면서 독서하는 걸 좋아한다. 컴퓨터 모니터에서 펼쳐지는 전자책은 사실 낯설다. 그러나 전자책이 눈도 아프고 하지만 장점 또한 간과할 수 없다.

출간이 용이하고 인세도 높고 환경문제도 야기하지 않는다. 많은 출판사가 초보 작가 책을 내기 꺼리는 점은 손익에 대한 확신이 서지 않기 때문이다. 자신들이 한 권의 책을 내기 위해서 제작비가 드는데 이를 회수할 수 있는지에 대해서 계산이 서지 않기에 기획출판의 문이 소수에게만 아직 열려 있다. 이를 전자책이라는 플랫폼에서 습작을 하면서 자신을 알리고 실력을 갈고닦을 수 있는 좋은 기회라고 생각하기를 바란다. 한 권 두 권 책을 내면서 실력과 깊이가 늘게 마련이다. 도둑질도 하면 는다고 모든 분야에서 양질 전환의 법칙은 적용되기 마련이다. 글쓰기의 절대량을 늘려서 이를 바탕으로 나의 실력을 키우기를 바란다.

3. 펀딩으로 시장 가능성 테스트

전자책 펀딩에 대해서 많이 들어봤을 듯하다. 펀딩은 내가 정한 주제가 시장성이 있는가에 대해서 소비자의 반응을 미리 가늠할 좋은 기회다. 힘들게 쓴 전자책이 막상 시중에 나왔는데 독자들의 반응이 없으면 그동안 열심히 써서 만든 내 수고는 물거품이 될 수 있다.

이런 사태를 미리 방지하기 위해서 펀딩을 통해서 예비 독자를 확보하는 것이다. 이를 '크라우드 펀딩'이라고 한다. 와디즈나 텀블벅 사이트에서 크리에이터가 어떤 것을 만들려는 계획을 세우고 프로젝트를 올리면, 그 프로젝트를 후원하는 사람들이 펀딩을 통해서 자금을 모으게 된다.

목표한 펀딩 금액이 모이면 프로젝트를 진행하게 된다. 전자책을 만들겠다는 프로젝트를 작성하게 된다. 이를 위해서 상세 페이지 작성이 중요하다. 구매자들에게 혹할 수 있는 카피라이팅 문구를 써서 후킹할 수 있어야 한다.

펀딩 최소 금액은 50만 원이다. 초보자는 될 수 있는 한 금액을 낮춰서 펀딩이 진행될 수 있도록 한다. 펀딩은 우리가 전자책을 완성할 수 있는 동기부여를 하게끔 해주는 기폭제가 될 수 있다. 사람들은 저마다 손실 회피 성향이 있다.

내가 밤잠 안 자면서 공들여 쓴 전자책이 막상 출시됐는데 하나도 안 팔리면 손해이기 때문에 시작을 안 하게 된다. 하지만 펀딩을 통해서 내 전자책을 사줄 독자가 100명 있다고 가정하면 내 책을 기다리는 분을 위해서 책을 쓰게 된다.

그러므로 펀딩은 시행착오를 줄일 수 있다. 펀딩을 통한 이점은 첫 번째 수요예측이 가능하다는 점이다. 내가 쓰려는 전자책의 수요가 있는지를 알 수 있는 방법이 펀딩이다. 책 쓰기의 동기부여가 될 수 있다. 이미 내 책에 투자한 분들을 생각해서 열심히 의욕적으로 책을 쓸 수 있게 된다. 아울러 펀딩을 진행하면서 투자자들의 후기를 모을 수 있어서 타 플랫폼에 판매할 때도 유리하다. 우리가 온라인에서 새로운 상품을 구매하게 되면 아무래도 망설이게 된다. 그래서 기존 고객들의 후기를 참고할 수밖에 없다. 펀딩을 하면서 여러 후원자의 리뷰를 모을 수 있어서 고객에게 선택받을 때 쉬울 수 있다.

타 플랫폼에 비해서 수수료가 저렴하다는 장점이 있다. 텀블벅에서 크몽이나 탈잉 클래스 101 등의 판매 플랫폼에 비해 저렴한 수수료를 들 수 있다. 텀블벅에서 펀딩 프로젝트를 진행하고 성공했을 때의 수수료는 가장 저렴한 라이트 요금의 경우 약 8.8%(부가세 포함)이다.

4. 텀블벅 펀딩 과정

텀블벅 프로젝트는 크게 심사 → 공개 예정 → 펀딩 → 결제 → 정산 → 선물 전달 순서로 진행된다.

프로젝트 계획을 작성해서 텀블벅에 심사요청을 해서 통과하면 창작자가 정한 펀딩 날짜에 펀딩이 시작하게 된다. 펀딩이 시작되기 전에 공개 예정을 할 수 있는데 예고하는 형식이라 선택이지만 하는 편이 유리하다.

펀딩 기간은 60일까지 가능하지만 보통 30일 이내로 진행되는 경우가 많다. 펀딩 기간에 후원자들은 내가 만든 상품을 선택하고 결제 예약을 하게 되는데 텀블벅에서는 상품을 선물이라고 한다. 펀딩을 하려면 초반 화력이 중요하다. 본인이 하는 SNS에 펀딩 사실을 알려야 한다. 그리고 될 수 있으면 자신이 들어가 있는 여러 단톡방에 URL을 퍼 나르면서 홍보해야 한다.

요즘에는 워낙 펀딩 진행이 많아서 상세 페이지를 임팩트 있게 만들지 않으면 사람들의 시선을 끌어모으기가 쉽지 않다. 또한 펀딩 심사를 통과하는 절차도 무척 까다로워졌다. 한두 번의 반려는 각오하고 임해야 한다. 와디즈와 텀블벅 중에서 아무래도 텀블벅이 좀 더 쉽다고 할 수 있다. 성공하는 펀딩 프로젝트를 진행하기 위해서는 전자책의 구매과정을 이해하면 쉽게 접근할 수 있다. 우리가 서점에서 종이책을 고를 때는 제목을 본 뒤 보통 본문 내용을 보게 된다. 그런데 전자책의 경우 본문 내용을 보기가 어렵다.

전자책은 먼저 섬네일과 제목을 보고 클릭해서 상세 페이지로 들어와서 설명과 목차를 보고 구매를 하게 된다. 목차를 보며 구체적으로 내가 원하는 정보가 있는지를 확인한 뒤에 구매하게 된다. 그러므로 후원자에게 인상적인 섬네일과 호기심을 자극하는 제목을 통해 클릭이 일어나도록 하고, 상세한 설명 및 목차를 통해서 후원자가 원하는 내용이 있는지를 확인할 수 있도록 해야 한다.

섬네일과 목차를 만드는 데 공을 많이 들일 것을 권해드린다. 펀딩이라는 제도를 이용해 한 권의 전자책을 통한 수익을 두 배로 낼 좋은 기회다. 이 제도를 잘 활용해서 나의 전자책이 시장에서 독자들에게 사랑받는 책이 될 수 있도록 노력하는 우리가 되었으면 한다.

5. PDF와 E-PUB의 차이점

전자책을 만들면 원고를 PDF 파일이나 E-PUB 형식으로 변환해야 유통사에서 넘길 수 있다. 원고작업은 보통 워드나 한글에서 이뤄진다. 파워포인트에서 작업할 수도 있고 구글 문서나 캔바에서 작업을 하시는 분도 봤다.

노션에서 작업을 하는 분도 있다. 각자의 취향과 편의성에 따라서 골라서 하면 된다. 나는 주로 한글을 이용하는 편이다. 전자책 만들기가 처음인 사람이라면 제일 쉬운 방법이 PDF 파일이다. 한글 워드 PPT 등에서 완성된 원고를 PDF로 변환시키면 된다. PDF는 지식 재능 플랫폼(크몽, 탈잉)에서 자주 사용되는 방식이며 내려받기가 쉽다.

대신 저작권에 약한 단점이 있다. 쉽게 복제할 수 있다. 이미지가 많은 형식의 원고는 PDF 파일의 전자책이 좋다. E-PUB 파일은

PDF 파일에 비해 초보자가 하기에는 어렵다. 시길, 이북 스타일리스트 등과 같은 프로그램으로 원고를 다시 입력해야 한다. 아마존 같은 해외서점 밀리의 서재, 리디북스 같은 곳은 E-PUB이 유리하다.

E-PUB은 PDF와 달리 화면 크기에 따라 변환이 되기 때문에 가독성이 좋다. 다행히 시길을 사용하지 않아도 유페이퍼 내에 E-PUB을 편리하게 사용할 수 있는 프로그램이 깔려 있어서 쉽게 E-PUB을 사용할 수 있다. 작가와 사이트 내에서도 워드로 작성한 원고를 E-PUB으로 전환해 주는 프로그램이 있다. 각자 나의 스타일과 취향에 맞는 형식을 선택하기를 바란다. 개인적으로 전자책 초보자에게는 비교적 쉬운 PDF 파일로 시작해서 전자책 만들기에 자신감이 들 때 E-PUB으로 만들면 훨씬 부담도 없고 출판하는 습관도 만들 수 있다.

1. 파일 구조

• PDF(Portable Document Format)

고정 레이아웃 형식으로, 문서가 어느 장치에서나 동일하게 보이도록 설계됨

텍스트와 이미지의 위치, 폰트, 페이지 레이아웃 등이 고정

• E-PUB(Electronic Publication)

가변 레이아웃 형식으로, 화면 크기에 맞춰 텍스트와 이미지가 자

동으로 재배치됨

텍스트 크기, 글꼴, 레이아웃 등을 사용자가 조정 가능

2. 호환성

• PDF

거의 모든 기기와 운영 체제에서 지원

Adobe Acrobat Reader와 같은 프로그램이 필요

• E-PUB

전자책 리더기(예: Kindle, Kobo), 스마트폰, 테블릿 등에서 주로 사용

다양한 전자책 리더 앱(예: iBooks, Google Play Books)에서 지원

3. 사용자 경험

• PDF

인쇄된 문서를 전자적으로 보여주는 형식으로, 페이지 넘김과 같은 기능이 인쇄물과 유사

고정된 레이아웃으로 인해 작은 화면에서는 읽기 불편할 수 있음

• E-PUB

텍스트 크기 조절, 다크 모드, 하이퍼링크 등 다양한 사용자 친화적 기능 제공

가변 레이아웃으로 인해 작은 화면에서도 읽기 편리

4. 제작 및 편집

• PDF

워드 프로세서(예: MS Word)나 데스크톱 출판 소프트웨어(예: Adobe InDesign)를 사용하여 쉽게 제작

편집이 어렵고, 내용 수정 시 원본 파일 필요

• E-PUB

XML 기반의 파일 형식으로, 전문 소프트웨어나 코딩 지식이 필요할 수 있음

텍스트와 이미지를 쉽게 편집 가능

5. 용도

• PDF

고정된 레이아웃이 필요한 문서(예: 학술 논문, 잡지, 브로셔)

인쇄물 대체용 전자문서에 적합

- E-PUB

가독성이 중요한 전자책(예: 소설, 논픽션, 교육용 책)
다양한 디바이스에서 읽을 수 있는 콘텐츠에 적합

PDF와 E-PUB은 각기 다른 목적과 용도에 따라 선택된다. PDF는 고정된 레이아웃과 인쇄물의 디지털 버전이 필요할 때 유용하며, E-PUB은 다양한 디바이스에서 읽기 편리한 전자책을 제작할 때 이상적이다. 전자책을 제작하거나 사용할 때, 이 두 형식의 특성을 고려하여 적합한 형식을 선택하는 것이 중요하다.

6. 출간 기획서 작성

흔히들 출간 기획서는 종이책을 투고할 때 출판사에 내 책을 내달라고 하기 위해서 일종의 투자 기획서 용도로 보내게 된다. 자신이쓴 원고와 출간 기획서를 함께 이메일을 통해서 보내게 된다. 책을쓰기 전에 미리 작성해 보면 자신의 책에 대한 구체적인 기획의도와방향 설정을 명확하게 할 수 있다.

나는 지금까지 20여 권의 전자책을 썼다. 쓰면서 왠지 많은 한계를 느꼈다. 내가 가진 틀을 깨고 싶었다. 그래서 '작가와'에서 진행하는 베셀 1기에 지원하게 됐고, 그로 인해 'MZ세대를 위한 글쓰기 치트키'라는 제목의 전자책을 완성하게 됐다. 그 클래스에서 처음 하는 작업이 자신이 벤치마킹할 책을 세 권 골라서 분석하고 이에 따른 출간 기획서를 제출하는 게 첫날 숙제였다. 과제를 하면서 그동안 책을 쓸 때 막연하게 썼던 나에게 좀 더 책 쓰기를 단계적으로 체계화해서 접근할 수 있는 시간이었다.

기획안을 작성하면 내 전자책이 어떤 사람을 대상으로, 어떤 고민을 해결할 수 있고 다른 전자책과는 무엇이 다른지에 대한 구체적인 전략을 세울 수 있게 된다. 앞에서도 이야기했지만, 우리가 쓰는 전자책은 무에서 유를 창조하는 게 아니다.

해 아래 새것이 없다는 성경 말씀처럼 어딘가에는 같은 주제의 책이 이미 시장에 나와 독자들에게 읽히고 있다. 우리는 그 책의 후발주자다. 어찌 보면 불리한 조건이다. 하지만 이를 기회로 삼을 수 있어야 한다.

먼저 나온 책을 분석하고 이 책에서 다루지 않은 점을 보완해서 발전시키면 더 나은 책을 낼 수 있다. 한 가지 팁을 드리면 초보 작가는 한 책에 너무 많은 걸 담으려고 한다. 책 한 권으로 모든 걸 다 말할 수는 없다.

절제의 미학도 필요하다. 베셀 스터디 이야기를 계속하자면 그때 출간 기획서를 쓰고 발표하면서 합평하던 기억이 아직도 난다. 서로의 기획서를 보고 피드백을 해 주면서 내가 보지 못한 점을 발견할 수 있었다.

어떻게 보면 책 쓰기는 외로운 작업이다. 홀로 책상에 앉아서 모니터를 보고 키보드를 두드리면서 자신과의 싸움을 해야 한다. 힘들고 고된 작업이다. 이런 마이웨이에 동반자가 있다면 시너지 효과가 날 수 있다. 집단 지성의 힘을 발휘해서 더 나은 책을 쓸 수도 있다. 그런 면에서 책 쓰기 스터디 그룹을 하는 것도 추천해 드린다.

함께해서 완주할 만한 에너지를 얻을 수 있다. 내가 보지 못하는 점을 발견할 수도 있다. 전자책 기획안을 한번 작성해 보기를 바란다. 스터디 구성원과 함께 모여서 작성해 보는 것도 좋을 듯하다. 모든 일에는 첫 단추를 잘 끼워야 한다. 머릿속에만 간직한 아이디어가 막연하지만, 기획서를 작성하면서 구체화될 수 있다. 구슬이 서말이라도 꿰어야 보배라는 말이 있듯이 내 안에 있는 아이디어를 암묵지에서 형식지로 바꿀 수 있는 가장 좋은 도구가 책 쓰기라고 생각한다. 이를 위해서 출간 기획서를 작성하기를 바란다.

출간 기획서

이름		메일 주소	
연락처		SNS 주소	

1. 책 소개

제목(가제)	(3개 이상 적어주시면 좋습니다.)
한 줄 소개	(책을 한 줄로 소개해 주세요)
분야	
도서 콘셉트	(기존 도서와는 다른 차별화 포인트를 위주로 작성해 주세요.)
기획 의도	(이 책을 쓰는 이유 & 이 책이 출간되어야 하는 이유)
도서 스펙	

2. 저자 소개

저자 소개 및 이력	

3. 시장 분석

독자의 니즈 분석	(최대한 상세하게 적어주세요.)
주요 독자	
경쟁 도서 분석 & 차별점 기재	(경쟁도서 3가지의 장단점을 분석해 주세요)

4 홍보 방안

예상 판매 부수	
저자 온라인 홍보 계획	(최대한 상세하게 적어주세요.)

부록

예술인 지원금 제도
네이버 인물 등록법
팔리는 전자책 주제 잡기

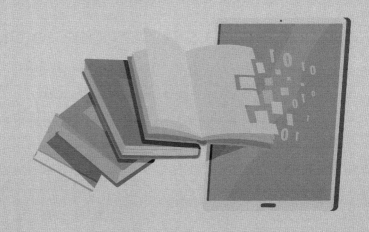

예술인 지원금 제도

한 권의 전자책을 낸 그대는 이제부터 작가라는 호칭을 받게 된다. 한 권의 ISBN을 발급받은 책을 낸 이는 네이버 검색 인물에 작가로 등록할 수 있다. 아울러 한국예술인 복지재단에서 운영하는 예술 활동 준비금 지원 사업에 참여할 수 있는 자격을 가지게 된다.

이 지원금을 받으려면 '예술인경력정보시스템'에 들어가서 신청해야 한다. 예술인 인증을 받으면 예술인 복지재단에서 실시하는 예술사업에 신청해 지원금을 받을 수 있고, 지원 사업에 신청하여 예술인 생활안정자금(대출), 예술인 국민연금 보험료 지원, 예술인 산재보험, 예술인 고용보험 등을 신청할 수도 있다. 실제로 가장 혜택을 많이 받을 수 있는 제도는 예술인 패스다. 예술 활동 증명이 되어 예술인으로 등록된 분은 예술인 패스를 발급받아 전시 무료 입장이나 공연 입장료 혜택을 받을 수 있다. 근데 이 지원금이 다 받을 수 있는 게 아니다. 소득이 높으면 대상에서 제외되기 때문에 자세한 사항은 예술인 복지재단 사이트에서 자격요건을 보고 담당자에게 문의하는 게 빠르다고 할 수 있다. 예술 활동도 하고 국내 공신력 있는 기관에서 경력도 인증된 예술인으로서 등록해서 활동하면 대중에게 자신을 알릴 때도 이점이 될 수 있다.

네이버 인물 등록법

내 책이 나오면 ISBN을 발급받은 정식 책으로서 시중 서점에 유통된다. 이로써 우리는 책을 낸 저자로서의 삶을 살게 된다. 책을 내게 되면 네이버 인물 등록에 작가로서 등록할 수 있다.

네이버 인물 등록은 본인이 신청하면 가능하다. 네이버 검색에서 네이버 인물 등록으로 인물정보 등록을 신청하면 된다.

사진 첨부, 본인 SNS(블로그, 유튜브, 인스타 등 주소 입력), 직업 소속 등록(증빙서류 필요, 사업자 등), 학력 정보를 등록하기 위해서는 (증빙서류가 필요하다) 경력 수상 등록, 가능 작품 정보등록(증빙서류나 URL 등록), 전자책 한 권만 내면 작가로 등록할 수 있다. 직업은 2개까지 가능하다.

필자도 처음 전자책 3권을 내고 네이버 인물 등록을 진행했다.
몇 번의 반려 끝에 인물 등록을 할 수 있었다. 처음에는 약간 쑥스
러웠다.

내가 유명 인물도 아닌데 이런 것도 해야 하나, 라는 의문이 생겼

다. 하지만 남들에게 나를 소개할 때 "스마트폰 네이버에서 제 이름을 검색해 보세요."라고 하면 사람들이 신기해하는 걸 느낄 수 있었다.

책을 내면 부수적으로 오는 보너스라고 생각하기를 바란다. 필자는 아직 초보 작가라서 이름을 검색하면 동명이인의 다른 작가분이 더 먼저 뜨고 있다. 이 작가분은 종이책을 5권 낸 오세진 작가인데 이분을 이겨야겠다는 마음이 생겼다. 창작과 글쓰기를 더욱 열심히 해서 언젠가는 저분보다 먼저 상위에 노출되는 날을 만들겠다는 일념이다.

다들 자신만의 목표와 동기부여를 할 수 있는 라이벌을 만들었으면 한다. 그러면 일에 대한 의욕과 성취감이 배가 된다. 아직 네이버에 검색되는 인물이 많지 않다. 다들 내 책을 내서 이런 즐거움과 기쁨을 누렸으면 한다.

팔리는 전자책 주제 잡기

주제를 정할 때 한 가지 조언하자면 내가 좋아하는 주제와 독자
가 필요로 하는 주제가 교집합 되는 부분에서 책 주제가 정해진다는
사실이다. 일방적으로 내가 하고 싶은 주제만 써서는 독자들의 관심
을 얻을 수 없다.

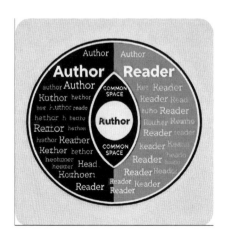

팔리는 전자책 쓰기 주제

번호	주제	설명
1	자기 계발	시간 관리, 목표 설정, 생산성 향상 등 개인 성장에 관련된 책들.
2	건강 & 웰빙	건강한 식습관, 피트니스, 정신 건강, 요가 등 웰빙에 관련된 정보제공.
3	재테크 & 투자	주식, 부동산, 암호화폐, 개인 재무 관리에 대한 가이드.
4	온라인 마케팅	SNS 마케팅, SEO, 디지털 광고 등 온라인 비즈니스와 관련된 전략.
5	창업 & 스타트업	창업 아이디어, 사업 계획서 작성, 창업 성공 사례 및 전략.
6	자녀 교육 & 육아	자녀 양육 방법, 교육 트렌드, 가정교육 가이드 등 육아와 교육에 대한 정보.
7	취미 & 여가 활동	DIY, 사진, 요리, 가드닝 등 취미 생활을 다루는 주제.
8	심리학 & 자기 이해	인간 심리, 감정 관리, 마음 챙김, 자기 이해에 관한 책들.
9	소설 & 문학	로맨스, 미스터리, 판타지 등 다양한 소설 장르.
10	여행 & 라이프스타일	여행지 정보, 라이프스타일 트렌드, 미니멀리즘, 디지털노마드 같은 삶의 방식.

1. 자기 계발

- 설명 : 자기 계발 분야는 시간 관리, 목표 설정, 습관 형성, 동기 부여와 같은 개인 성장에 관련된 주제를 다룬다. 독자들은 더 나은 자신이 되기 위한 방법을 찾고 있으며, 이를 위한 구체적인 전략과 조언이 필요하다.
- 포커스 : 일과 삶의 균형, 생산성 향상, 성공적인 생활 습관 만들기 등.

2. 건강 & 웰빙

- 설명 : 신체적, 정신적 건강을 모두 포함하는 이 주제는 다이어트, 운동, 명상, 심리적 안정 등 다양한 방면에서 접근할 수 있다. 코로나 팬데믹 이후 건강에 관한 관심이 더욱 높아졌기 때문에 이 분야는 지속해서 수요가 증가하고 있다.
- 포커스 : 식이요법, 피트니스 루틴, 요가, 명상, 마음 챙김, 심리적 안정.

3. 재테크 & 투자

- 설명 : 재테크와 투자는 개인 자산을 관리하고 불리는 방법에 대한 가이드를 제공한다. 주식, 부동산, 암호화폐 등 다양한 재테크 수단과 투자 방법을 다루며, 경제적 독립을 이루려는 사람들이 이 분야에 관심을 가지고 있다.

- 포커스 : 주식 투자 방법, 부동산 투자 전략, 암호화폐, 연금 관리, 저축 및 소비 관리.

4. 온라인 마케팅

- 설명 : 디지털 시대에 온라인 마케팅은 사업 성공에 필수다. 블로그, 유튜브, 인스타그램, 페이스북과 같은 소셜 미디어 마케팅 전략부터 SEO, 광고 캠페인 관리까지 다양한 주제를 다룬다.
- 포커스 : SNS 마케팅 전략, SEO 최적화, 콘텐츠 마케팅, 유료 광고 효과 극대화.

5. 창업 & 스타트업

- 설명 : 스타트업과 창업에 대한 정보는 창업을 꿈꾸는 사람들에게 큰 도움이 된다. 사업 아이디어 발굴, 비즈니스 모델 구축, 투자 유치, 제품 개발 및 마케팅 전략 등 실질적인 가이드를 제공하는 것이 중요하다.
- 포커스 : 사업 계획서 작성, 자금 조달, 브랜딩, 팀 구성, 시장 분석.

6. 자녀 교육 & 육아

- 설명 : 부모들이 자녀의 교육과 성장 과정에서 도움을 받을 수 있는 책이다. 효과적인 교육법, 학습 습관 형성, 감정 관리, 유아

기부터 청소년기에 이르는 다양한 육아 정보를 다룬다.

- 포커스 : 가정교육, 자녀의 정서적 발달, 학습 동기 부여, 부모 역할, 청소년 상담.

7. 취미 & 여가 활동

- 설명 : 취미 생활은 일상 스트레스를 해소하고 창의성을 키울 수 있는 좋은 방법이다. DIY 프로젝트, 요리, 사진, 가드닝, 공예 등 다양한 취미 활동에 대한 책이 수요가 많다.
- 포커스 : DIY 팁, 사진 촬영 기법, 요리 레시피, 가드닝 방법, 공예 기술.

8. 심리학 & 자기 이해

- 설명 : 인간 심리와 자기 이해를 다루는 주제는 사람들로 하여금 자신을 돌아보게 하고, 감정 관리, 대인관계 개선, 스트레스 해소에 대한 실질적인 도움을 제공한다. 마음 챙김, 명상, 심리적 안정 등도 다룰 수 있다.
- 포커스 : 스트레스 관리, 자기 성찰, 감정 조절, 대인관계 개선, 심리석 안정.

9. 소설 & 문학

- 설명 : 소설과 문학은 사람들의 상상력을 자극하고 현실을 벗어날 수 있는 기회를 제공한다. 로맨스, 미스터리, 판타지, 공포 등 다양한 장르의 소설은 여전히 전자책 시장에서 인기가 많다.
- 포커스 : 로맨스, 미스터리, 판타지, 역사 소설, 문학 고전.

10. 여행 & 라이프스타일

- 설명 : 여행과 라이프스타일 관련 주제는 삶의 질을 높이고자 하는 사람들에게 큰 관심을 받고 있다. 여행지 정보, 여행 팁, 미니멀리즘, 디지털노마드와 같은 라이프스타일 변화에 대한 조언을 제공한다.
- 포커스 : 여행 팁, 문화 탐방, 미니멀리즘, 디지털노마드, 지속 가능한 생활 방식.

에
필
로
그

한 권의 책을 마무리한다는 게 이렇게 즐겁고 재미있는 일인 줄 몰랐습니다. 편집자님과 장기간의 교신과 협업을 통해서 많은 걸 배웠습니다. 저 또한 책을 만들면서 배워가는 과정입니다. 책 한 권을 만든다는 건 매력적이고 의미 있는 일입니다. 내 글을 기다려주는 독자가 있다는 사실이 다시금 글을 쓰게 하는 원동력이 되게끔 해줍니다. 이 책을 읽으면서 나도 한 번쯤 전자책을 쓰고 싶다는 마음을 가지게 되었다면 저는 만족합니다. 실행하는 건 여러분의 몫입니다. 책을 내기에 참으로 좋은 환경 속에 있다는 생각이 듭니다. 지금은 조금만 마음을 먹으면 누구나 책을 낼 수 있는 시대라고 생각합니다. 나만의 이야기를 글로 써서 한 권의 책으로 내면 작가로 사는 삶이 시작됩니다. 한 권을 내게 되면 두 권, 세 권 낼 수밖에 없습니다. 책 쓰기의 즐거움과 중독성에서 헤어나올 수 없기 때문입니다.

아무쪼록 이 책을 읽는 독자 여러분도 매일 조금씩이라도 글쓰기의 즐거움을 만끽하는 여러분이 되셨으면 합니다. 길이 막막하고 어렵게 느껴지면 언제든지 저에게 연락해주시면 친절하게 도와드리도록 하겠습니다. 작년 여름에 시작된 작업이 해가 바뀌어서 2025년에 결실을 보게 되어서 기쁘게 생각합니다. 곁에서 물씬 양면으로 저를 지지해주는 어머니께 이 책을 바칩니다. 아울러 주변에서 알게 모르게 도움을 주신 작가님들과 대표님들께 감사의 인사를 드립니다. 결코 혼자 할 수 없는 작업이었다고 생각합니다. 이제 저는 다시금 새로운 책의 작업에 들어갑니다. 쓰면서 존재한다는 사명을 가지고 계속 활동할 것을 약속드립니다. 마지막으로 나의 인생의 주가 되시는 하나님께서 이 작은 책을 쓰임 받게 할 것을 기대하며 제 글을 마치고자 합니다.

◆작가 소개◆

안세진 (음유시인)
서평 쓰기의 즐거움 (리더스 하이를 체험하라)
미라클 독서법
함께하는 독서법 (유페이퍼)
나의 군대 이야기
청년 재테크의 비법
퍼스널 브랜딩 전자책 쓰기
서평은 제2의 독서이다
퍼스널 브랜딩 독서법
부의 독서법
삼박자 독서법
Chat 지피티 독서법
독서 명상법
하브루타 독서법
리더스 하이를 체험하라
초서독서법
책은 도끼이다
직장인 독서법
MZ세대를 위한 글쓰기 치트키
부의 법칙
책마법사의 전자책쓰기 치트키
(작가와)

https://blog.naver.com/freedomtruth2022
https://open.kakao.com/o/gN2E5EXe
음유시인의 독서 나라
이메일 (freedomtruth@naver.com)
전자책 쓰기에 대해서 궁금한 사항이 있으면
언제든지 소통을 환영합니다.
책 쓰기 관련 코칭을 받고 싶으신 분들은 언제든지 상담 환영합니다.
010-8209-2012

퍼스널 브랜딩
전자책 쓰기 바이블 With AI

MZ세대를 위한 전자책 쓰기 첫걸음

초판인쇄 2025년 01월 24일
초판발행 2025년 01월 24일

지은이 안세진
펴낸이 채종준
펴낸곳 한국학술정보(주)
주 소 경기도 파주시 회동길 230(문발동)
전 화 031-908-3181(대표)
팩 스 031-908-3189
홈페이지 http://ebook.kstudy.com
E-mail 출판사업부 publish@kstudy.com
등 록 제일산-115호(2000. 6. 19)

ISBN 979-11-7318-188-7 13800

이담북스는 한국학술정보(주)의 학술/학습도서 출판 브랜드입니다.
이 시대 꼭 필요한 것만 담아 독자와 함께 공유한다는 의미를 나타냈습니다.
다양한 분야 전문가의 지식과 경험을 고스란히 전해 배움의 즐거움을 선물하는 책을 만들고자 합니다.